# 連理の人

山下八重子

車野の人

山中六彦

# 目次

# 連理の人

師走に入って間もない日の、宵であった。十人ほどの宴会があるから、席を用意しておいてほしいと、娘の潤子が出先から電話をしてきた。きさ子は宴会に丁度いい畳敷きの奥まった席に、座卓を寄せ合わせ座布団を敷きつめて、予約席の札を卓上に立てて置いた。短い冬の日は早ばやと暮れて、ネオンの明かりが東京の街を彩る頃、潤子が先に一人で入ってきた。

「先生をお連れしてタクシーで来た。皆は電車だからちょっと遅れる」

「先生って、あの趙《チョウ》先生？」

「そうだよ」

趙先生が入ってきた。在日の教授で、きさ子もその人の名前や顔は雑誌などでよく知っていたが、ま近で見るのは初めてであった。背の高い大柄な人である。厨房の中でコックの仕事を手伝っていた夫が、趙氏の来店を知って厨房から出て来た。握手しながら挨拶している。一世代趙氏が若いこともあって親しいというほどではないが、夫が以前、新聞社に勤めていた関係で知らない仲ではない。

電車で来た人達も全員揃ったところで、宴会が始まった。大学院生の娘とほぼ同じ年頃の学生や、若手のグループであった。しばらくして会が盛り上がってきた頃、誰かが言いだした。

「先生、歌をうたって下さい」

「僕は歌が苦手なんだよ」

彼はなんとか避けようとしている。

「どんな歌でもいいですからお願いします」

みんなにはやしたてられて、彼はしぶしぶ立ち上がることになった。

「韓国の友人から教わった〝他郷暮らし《タヒャンサリ》〟という歌を——」

きさ子はレジの椅子に腰掛けて用事をしながら、聞くともなしに耳にしていた。

タヒャンサリ　ミョッテドンガ
ソンコバ　ヘヨポニ
歌詞はどういう意味か、まるで分からなかった。夫が在日であるところから、きさ子も同胞になろうとして、チマ・チョゴリを愛用し、朝鮮語をマスターしていた一時期もあったが、所属していた政治組織の内部で、日本人妻を差別する出来事があって以来、チョゴリは一枚残らず捨ててしまい、言葉も忘れようとつとめて、自分の中から削ぎ落としてきた。

コヒャントナン　シビョニョネ
チョンチュンマン　ヌルゴ

歌詞が全く分からないのに、このとき不思議なことが起きた。熱いものが突然こみ上げてきて、涙があふれ出てきたのだ。曲が哀しいのか、それともうたっている人の心に秘められた何かが伝わってきたのか、更にそこへ、きさ子自身の奥深くにひそむものが、触発されたかのようであった。

いやに重い扉である、腕に力を込めてぐいっと押し開けると、中は映画館のように暗くしてあった。手さぐりで空席を探して椅子にかけると、来るときに道を間違えていらだっていたのが、ほっと落ち着いた気分になった。暗さに慣れた瞳であたりを見回すと、きさ子がいる後部席のあたりはほぼ満席になっている。会場が広くて、演壇は遙か彼方にある。スポットライトの中にいる講師は、趙氏であることがやっと分かるといったほど離れていた。講演は始まったばかりである。彼はやや長めの髪が額にかかるのを、時折り後ろにかき上げていた。氏の専門である近代文学に関する内容を、きさ子は頭に入れようとつとめながらも、片方の耳から入ってもう片方から出てしまうような頼りない状態になっていた。ハンドバッグに入れてきたものを、いつ、なんと言って渡そうかと、頭の中はそのことでいっぱいになっている。近くの席で、女性二人が何やら小声でささやき合っているのが聞こえてきた。なにを話しているのか分からない。在日であろうか日本人であろうかときさ子は思い、どっちであってもそのことに関心はなかったが、そのささやきを耳にするうちに、奇妙な孤立感を覚えた。周りの人たちとしっくり馴染めない、周りをうごめく現実に違和感がある。これはなぜなのだろうかと考えてみる。趙氏の「タヒャンサリ」を聞いて以来、きさ子はその歌の虜になった。歌詞を、まず日本語に訳した。

ふるさと離れて　幾年すぎた
指折りかぞえりや　涙が落ちる

何軒も店を探し回ってカセットを買ってくると、何百回かけたであろう、何千回口ずさんだか、その後に予期しないことが起きた。一カ月余り前の十月下旬のことであったが、間もなく年賀はがきが売り出されるというニュースを聞いて、趙氏に出すことをふと思った。去年の宴会で初めて会ったその暮れに一度出して、今回が二度めになる。なんと書こうかと考えるうちに、ふっと短歌を書いて出すことを思いついた。小学校三、四年の頃であったか、詩を書いてくるようにという宿題が出た。するときさ子のつくったのが一番良くできていると言って、先生が皆の前で二度繰り返して読んだ。七五調で日常を綴った長い詩であった。ほめられて嬉しかったものの、このことがあってのちはなぜか七五調から離れるようになった。あの独特の調子が頭にこびりついてしまったために、逆に拒否反応を起こす結果になったといえる。以来、散文詩は好んで創りながら、七五調の類は考えたこともなかった。それが、突然変異を起こしたかのように、人生を半ばにきて創ってみる気になった。三十一文字を、指を折って数えながらまず一作創ってみた。すると、今迄せき止められていた水がどっとあふれ出すように、次から次に浮かんでくる。しかも意外なことに、歌と一緒に涙が出てきて困るありさまになった。ハンカチでは足りなくて手拭いを左手に持ち、涙をぬぐいながら右手にペンをもって書いては、ペンを投げて指を折りながらかぞえる。それがなぜか全て恋の歌であった。歌が恋を招くのか、恋が歌を呼ぶのか、二つが渾然と一つに溶け合っていた。

新聞で、十二月上旬に趙氏の講演があるのを知った。年賀状はまだ早いが直接に手渡したいと思い、一ヵ月余りの間に百首ほどできた内から二首を年賀はがきに書いて持ってきたのであった。

講演が終わって、拍手が湧き起こった。趙氏が袖に入っていくと、入れ替わりに司会者が出てきて、このあと二次会があることを知らせた。その場所と道順を説明するのをきさ子は参加するつもりがないために、しっかり聞いていなかった。席を立って会場を出る人の流れに添って、きさ子もホールに出た。受付けのあたりに趙氏が立っているのが見えたが、人混みの中では渡せない。エレベーターの脇のところに立って、待つことにした。何度かドアが開いて、人群れを呑み込んでは下へ降りて行った。しばらく待つうちに、主催者と思われる人たち何人かと連れだって、趙氏がやってきた。彼はエレベーターの前で立ち止まると、何か考えごとでもしているのかうつ向きかげんのまま、ゆっくりと九十度体の向きを変えて顔を上げた。見守っているきさ子と視線が合った。きさ子は微笑みながら丁寧に黙礼した。先方もそれにこたえてくれた。そこへ扉が開いて、相手の姿は箱の中に消えた。きさ子は羞恥心から、意識的にそれには乗らなかった。次のに乗って降りると、当然ながら趙氏の姿はなかった。二次会場に向かったことは分かるが、それまでに渡せると思っていたために場所が分からない。そこに向かうらしいグループを見つけて、その後ろからついて行った。

会場は、レストランの二階であった。参加者数が主催者の思わくを遙かに越えたもようで、席が足りなくてかなりの人が立往生している。店員が急遽、椅子を運び込んだりして、ごった返していた。趙氏は？　と見ると、学生と思われる若い女の子たちが、両側からこれ以上詰めようがないといった様子で並ぶ中に、壁を背にして席についている。きさ子は、今だ！　と思った。このどさくさに紛れて渡すのが丁度いい。

「お渡ししたいものがあります」

趙氏の前に立って、きさ子が言った。彼は僕に？　という表情をした。

「はい」

彼は立ち上がった。ところが、二人の間には大きなテーブルがぎっしり詰められていて、向こうがこっちに近寄ることも、こっちから向こうへ寄ることもできない。手を伸ばせば充分届く近さであったが、きさ子はラブレターにひとしいものを、衆目の前でさし出す勇気がなかった。はたと当惑していると、この時周りから「わあ」と冷やかしの声が上がった。きさ子は全身の血が頭にのぼって、一瞬なにも見えなくなった。相手がどうやってこっち側に来たのか分からない。きさ子は階段を二、三段降りて人目のない場所で「年賀状をお渡ししてよろしいでしょうか」と聞いた。

「ええ、どうぞ」

ハンドバッグから、賀状の入った白い角封筒を取り出して手渡した。すぐ帰っていくと見てとった彼は、封筒をポケットに入れながら「いらっしゃいよ」と引き止めた。するとどうであろう、先生の赦しを得た児童のように、内心喜々としながら彼の後ろについて、また会場に上がっていった。

きさ子は、趙氏からなるべく離れた位置に席をとった。店の構造が、中ほどにちょっとした間仕切りがあって、彼のいるグループときさ子たちのいるところがふた手に分かれたかたちになっている。みんなどうにか席についたところで、呑み物やつまみの入った皿などがテーブルに運ばれて、ようやく宴会が始まった。きさ子の周りは三十代から上の中年が集まっていて、向かいにいる三、四十代と見える女性たちは、もの慣れた様子でビールを呑み、健啖に食べ、よくしゃべった。きさ子は食べ物の店をしていても、アルコールはいっさい呑めなかった。ジュースの入ったグラスを手にしながら、あっけにとられたかたちで彼女たちの様子を眺めていた。

「自己紹介をしたらどうでしょう」

誰かが言い出した。止めてほしいときさ子はひそかに思った。どこの誰か知りたくもないし、およそ関心がなかった。だが、席順に自己紹介が始まった。名前と職業をのべている。今日の主催のメンバーとみえるジャーナリストが多かった。きさ子の番になると、立って名前だけ告げた。え？ といった拍子抜けした空気になって「ずるい」と言う小声も聞こえた。主婦業だけしてきて、近年に始めた店も、二人の子供が医大と美大に入ったために、金が必要になって始めたことで、子供たちが自立すれば早晩に店はたたむつもりでいる。紹介するほどの何もなかった。

自己紹介が終わってしばらくすると、今度はきさ子の右隣にいる男性が

「先生」

と大きな声を張り上げて、間仕切りの向こうにいる趙氏を呼んだ。男は三十代であろうか、きさ子からみればまだ若い青年である。

「こっちに来て下さいよ、この人に何か話してあげて下さい」

とんでもないことを言い出すと、きさ子はあきれて困惑した。隣り同士の彼にビールを注いだり話しかけるのがいいとは分かっていたが、呑めない者は注ぎかたにも自信がなくて、つい億劫になっていた。賑やかな会話が飛び交うなかで、黙ってジュースのグラスをたまに口に運んでいるきさ子の様子を、男はどう勘違いしたものか、全くよけいなおせっかいであった。想う人と一つ場所に居るというだけで、心は充分満ち足りていた。男が呼んだのを、先方で無視してくれればいいと希った。するとそれが通じたかのように、趙氏は動かなかった。ところが、しばらくするとまた声を張り上げた。

「先生、こっちに来て下さい」

二度までも呼ばれて無視できなくなったのであろう、趙氏は片手にグラスを持って、あの出にくい席からこっちにやってきた。きさ子の向かいの椅子にかけると、手にしたグラスを乾杯の意味でさし出した。きさ子も、ジュースのグラスをそれに合わせた。

「いま、お住まいはどちらにおられるのですか」

彼が聞いた。きさ子はちょっと変だなという気がした、店と住居は別になっているが、現在住んでるところは、もう十三年にもなる。

「前と同じところにおりますが」

「前と同じ？」

まだ腑におちない表情であった。二次会が始まって間もないとき、きさ子が何気なく彼の方を見ると、先方が立ち上がってこっちを見たのと同時になった。その様子は今思えば、彼が封筒の中をちょっと覗いてみて、住所も名前も書いていないのを知って、こっちをたしかめたように思えた。きさ子は、手渡すのだから書く必要はないと思ったのである。それに、去年の年賀状には勿論、住所も名前も書いた。先方からの賀状にも現住所が記してあって、きさ子の手に届いている。

彼はなにか思いめぐらすふうであったが、用事ができて中座するという女性が、彼に長い挨拶を始めて、きさ子との会話はそれだけで途切れた。

場所を変えて三次会になったとき、中年の女性を一人挟むだけの近い席に、趙氏と隣り合った。彼はグラスにビールを注いで、黙ってきさ子に手渡した。たとえそれが毒杯であったとしても、ありがたく受取って口にすればよいものを、とんまで気のきいた行為もできなくて「頂けませんので」と言いながら、そのグラスをそろっとテーブルに引きずるようにして、彼の前に、呑んでほしいという意味で置いた。すると彼は、ビールも呑めない？　と思ったのか、けげんな面持ちになりながら、

「どこでお会いしたのでしょうか」

と聞いた。きさ子は脳天に衝撃を受けたようなめまいを覚えた。そうか、相手はこっちが分かっていなかったのか、と初めて気がついた。夫の名を言えばすぐ分かることであったが、それを言いたくなかった。誰それの妻ではない、今日出て来たのは一人の女としてであった。夫から心はとうに離れている、片方が同意しないために離婚できずにいるが、もう何年も前から形だけの夫婦になっていた。趙氏に渡した短歌の一首も、離婚をねがっている歌であった。

山深く

緑を伴《とも》の
　独り家《や》を
希えど虚し
ままならぬ世は

もう一首は恋の歌であった

君を知り
日毎夜毎に
　歌の絲
恋地織り繰る
繭となりたり

どこで会ったのかと聞かれて、きさ子は苦しい言いわけをした。

「申し上げましてもご記憶にはないと思いますので」

三次会が終わって帰るとき、同じ方角の何人かとタクシーを合乗りした。その車の中で、女たちの会話から、趙氏が家族と別居してマンションに独りで住んでいることを知った。

家に帰ると、リビングで本を読んでいる夫に声をかけてから、二階に上がった。息子と娘の部屋が両側にある、そのまん中の部屋を小さな自分だけの「城」にしていた。服も着替えないまま、ベッドに身を投げるように倒れ込んだ。それから、ゆっくりと自分の思い違いについて考えてみた。「タヒャンサリ」に夢中になり、短歌に没頭するうちに、いつの間にか深いもやの中に迷い込んで「現実」から遊離していたことに気付いた。店で初めて会ってから今回が二度めでありその間に二年が経過している。向こうがこっちを覚えていないのは当然であった。夢から醒めると、住所も名前も告げなかった失礼を詫びる手紙を書くことにした。それと同時に、彼のことは忘れなければいけないと自分に言い聞かせた。

フロアの椅子にかけて、上半身を捻るような姿勢で窓越しに下の公園を眺めていた。桜が散ったあとの若葉の黄緑が西陽に映えて、その美しさが都心にいることを忘れさせ、心に安らぎを与えてくれる。この一年半の慌しかった身の回りの出来事に、ほっと一息入れる心境であった。

趙氏に手紙を出したあと、その年が明けた二月に夫と離婚した。双方が新しい住居に落ち着くまでは、互いに協力し合うことにして、夫は都心に近いマンションを、きさ子は伊豆に土地を購入した。時を同じにして息子が開院することになり、その土地探しと医院を建てる準備などで、きさ子にとっては人生の大事が集中した。今はまだ忙しさのさなかにいたが、韓国から来日していた作家の歓送会が今日この建物の会場で開かれる。出席をうながす通知があったのと、都心に下宿して、会える機会の少ない娘もここへ来ることになっており、親子の話もあって参加した。

時間が迫ってきて、次つぎに入ってくる人たちに何気ない視線を当てていると、思いがけない人の姿に驚いて立ち上がった。日本の戦後文学の一時期を代表する作家、N氏が入って来られたのだ。趙氏の来店より五年ほど前に、在日作家の出版記念会がきさ子の店であったとき、N氏が来られてむさ苦しいところにと恐縮した。その折、温かい大きな手で握手されて以来、これまで以上に熱烈なファンになり、最も尊敬する人であった。

黙礼したきさ子に気付かれたN氏は、入口に向かっておられた歩みを、斜めに歩いてきさ子の前に来られ、ぴたっと立ち止まった。体が触れ合う近さで、受付けの方を向いたまままじっと立ち止まっておられる。きさ子はどうしていいのか分からず、自然な動作で右手がいとおしむようにその背を抱くかたちになった。受付けにいた何人かの視線がN氏に気付いて、いっせいにこっちに集まってきた。N氏はすっと離れて、入口に向かわれた。それから、間もなく趙氏の姿が見えた。彼は両側にいる連れと話しながらやってくる。きさ子は挨拶するタイミングを計っていたが、視線が合わないまま会場に消えた。会が始まる時間になっても、まだ来ない娘を待ってソファに掛けていた。すると趙氏が会場から出てきて、急ぐ大股で化粧室の方へ曲がって行った。間もなく彼はハンカチを手にしながら通りかかって、きさ子の前で一瞬立ち止まる姿勢になった。それから、思い止どまるふうに会場に入った。時間が迫っているせいのようであったが、何を言いたかったのだろうかと心にひっかかった。講演があった日から一年半ぶりになる。手紙を出したあと、忘れようと自分に言いきかせた。ところがそうはならなかった。あの日、エレベーターの前で見た彼の憂いを含んだまなざしが、鮮明に焼きついて消えないのだった。その上、あの時の自分の姿がなぜか重なる。人の一生に一度だけ瞳が燃えて耀くときがあるとするなら、あの時ではなかったかと思われてならない。若い時期に出会った夫との間にもない感動があった。趙氏への気持ちはひそかに深くなっている。

娘が来て、きさ子も会場に入った。席が足りない様子で、立っている人たちもいて、きさ子もその中に加わった。始まって、まださほど時間が経たないときに、N氏が席を立たれた。手洗いであろうと思ったが、いつまでも戻ってこられない。忙しい人であり、帰られた模様であった。退席されたのなら、玄関まで送ればよかったと悔やまれた。なぜ早退されたのか、きさ子にとってかかわりのあることに気がついたのは、それから何年か経って氏が亡くなられた後であった。

歓送会が終わったあと、参加者が自由に話し合う時間になった。娘と内うちのことを話していると、娘の友人が何人も取り巻いて、若い人たちの笑顔や和やかな会話に包まれる。その間にも、きさ子の意識は別なところにあった。後ろにも目があるかのように、趙氏の動きを察知していた。彼は何人かの人たちと歓談している。小脇に挟んでいた大きな茶封筒が、床の絨毯にすべり落ちたのを拾い上げている。会場がはねたあと、二次会があるという。参加したかったが娘との内輪の話がまだ終わっていない。二人で喫茶店にくつろぐことにして、帰る前に大事な人に挨拶をしたい。会場を出たフロアの隅に立って、それとなく待っていた。彼が出て来た、きさ子はあらゆる想いを含めて黙礼した。相手は優しい微笑で応えた、きさ子の想いを、分かっていると受け止めているまなざしであった。

ホテルの高層から、久しぶりに東京の街を見渡すと、小旅行に来た気分になった。高速道を走る車の列は、色とりどりでオモチャのミニカーのように見える。歓送会から二年が過ぎていた。あのあと医院が建って、開院を手伝い、その間に伊豆の土地に小さな家を建て、息子の結婚と同時に、独り移り住んで一年近くなった。今日は趙氏の出版記念会がある。これまで本は何冊も出ているが、今回は特に大事な記念日であった。終わるのが終電に間に合わない場合を考えて、宿をとっていた。会場は飯田橋の、初めて行く場所であった。お茶を呑んで一休みしてから、ロビーに降りていった。さっき入ってきた同じコースを、ゆっくりと歩いて外の周辺もたしかめておいた。池袋にあるこのホテルは、親戚の者が上京した折などに何度か一緒に泊っている。普通なら憶えるところを、きさ子は重度の方向障害があった。娘はあきれて、これ以上の言いようはないといった調子で「方向感覚欠落症」だと決めつけた。「欠落症」ならまだ救いがある、きさ子の自己診断は「錯誤症」であった。錯誤があるから厄介である。大企業は金儲けを優先に考えるからこんな建てかたをするのだ、と胸の内で悪たれながら、ブティックなどが並ぶ通路を通って、きさ子には迷路に思える出入口をしっかり確かめておいた。もう迷わないと自信がついたところで、部屋に戻ってきた。少し早く出ることにした。なんの役にもたたないが早めに行って、雑用があれば手伝いたい。ゆったりした気分で部屋をでた。ショッピングセンターの中を歩いていくと「え?」と驚いて立ち止まった。出口にシャッターが降りていて、出られなくなっている。これは全く計算にいれていなかった。店の閉店の時間に通路が閉まるようになっているらしい。どこか別の通路を行けば出られるはずであった。ところがこういう計算違いが生じると、きさ子の内面にパニック状態が起きる。冷静に落ち着いて上を見たり横を見て表示を探し、立ち止まってそれを読めば、誰にでも分かるようになっている。それを、足はやたらに突っ走り、目は愚直の典型を地でいくように前しか見ない。あげくの果てはどこをどうやって来たのか、一月中旬の大寒だというのに汗だくになり、会場に辿り着いた時は、早めに着くという予定はふいになって、たっぷり遅刻した。

出席者の後ろから正面を観ると、高齢の文学者が祝辞を述べていて、趙氏は少しうつ向きかげんにその横に立っている。きさ子は彼を見たとたんに、しまった！　と思った。喉がからからに渇いて、呑物を欲しがっているのが瞬間に分かったのだ。水を持って行ってあげたい、だが、始まった今となっては持っていくこともできない。なぜ早く来なかった、大事なときに遅刻するなんて！　自責が胸を刺した。

レセプションに移ってからもきさ子は自分を責め続け、彼の渇きがずっと気になった。場内の中ほどで、彼は出席者と話し合っている。会場が模様替えになったとき、多少なりとも呑み物を口に入れたと思われるが、それを見てはいなかった。あのままでいるとしたら今からでも持って行った方がいい。何を持っていく？　水がいいのか、それともビールか、いや洋酒がいいのでは。ホールの端にあるコーナーで、和服を来た女性やボーイが忙しそうに出たり入ったりしている。そこでトレーを借りて、水とビールと洋酒をそれぞれのグラスにのせて、彼のところに持っていけばいいものを、来る時のパニックが尾をひい

恐縮ですが
切手を貼っ
てお出しく
ださい

1 1 2-0 0 0 4

東京都文京区
後楽 2−23−12
(株) 文芸社
ご愛読者カード係行

| | | | | |
|---|---|---|---|---|
| 書 名 | | | | |
| お買上<br>書店名 | 都道<br>府県 市区<br>郡 書店 | | | |
| ふりがな<br>お名前 | | | 明治<br>大正<br>昭和 年生 歳 | |
| ふりがな<br>ご住所 | □□□-□□□□ | | | 性別<br>男・女 |
| お電話<br>番 号 | (ブックサービスの際、必要) | ご職業 | | |

お買い求めの動機
1. 書店店頭で見て 2. 当社の目録を見て 3. 人にすすめられて
4. 新聞広告、雑誌記事、書評を見て(新聞、雑誌名 )

上の質問に 1. と答えられた方の直接的な動機
1. タイトルにひかれた 2. 著者 3. 目次 4. カバーデザイン 5. 帯 6. その他

| | |
|---|---|
| ご講読新聞 新聞 | ご講読雑誌 |

文芸社の本をお買い求めいただきありがとうございます。
この愛読者カードは今後の小社出版の企画およびイベント等の資料として役立たせていただきます。

本書についてのご意見、ご感想をお聞かせ下さい。

① 内容について

② カバー、タイトル、編集について

今後、出版する上でとりあげてほしいテーマを挙げて下さい。

最近読んでおもしろかった本をお聞かせ下さい。

お客様の研究成果やお考えを出版してみたいというお気持ちはありますか。

ある　　ない　　内容・テーマ（　　　　　　　　）

「ある」場合、弊社の担当者から出版のご案内が必要ですか。

希望する　　希望しない

ご協力ありがとうございました。

〈ブックサービスのご案内〉

当社では、書籍の直接販売を料金着払いの宅急便サービスにて承っております。ご購入希望がございましたら下の欄に書名と冊数をお書きの上ご返送下さい。（送料１回380円）

| ご注文書名 | 冊数 | ご注文書名 | 冊数 |
|---|---|---|---|
| | 冊 | | 冊 |
| | 冊 | | 冊 |

ていて、硬直している頭はそれすら気付かない。ジュースの入ったグラスを両手で持って
フロアの隅の椅子にかけたまま、椅子と体に接着剤でも張りついたかのように動けないで
いた。時折りそっと彼の方に視線を走らせると、向こうでもこっちを気にかけているのか、
会話しながらの視線と何度かかち合った。

「さっき喉が渇いてねえ」

友人とみえる相手に話している声が、きさ子の耳に入ってきた。ああやはりそうだった
のか、ますます動けない状態になったいると、彼が何気ない様子で近寄ってきた。

「さりげなく——」

耳もとでさりげないふうに囁いて注意した。

最初は、聴き違えたのであろうかと思った。趙氏の講演の中で「何を抱きしめたらいい
のか」と言った。何度思い返してみても、聴き違いではない。なにかの比喩として形容し
たのだと考え、そのまま聴き流そうとするのであったが、その一言がなぜかきさ子の心に
強烈なインパクトを与えて、そのあとの話は耳に入らなくなった。シンポジウムのあとは、

リーディングに移った。席がコの字型につくられていて、きさ子はその一番端の椅子にかけた。一人挟んだ右向こうに趙氏が掛けている。ドイツの若い詩人が中ほどに立って、自作の詩の朗読を始めた。手許に配られている日本語訳のパンフレットを見ると、愕くほど長い反戦の詩であった。

骨髄を殺すもの
脾臓　リンパ管を殺すもの
口と胃と内臓に潰瘍をつくるもの
皮膚を焼くもの
赤血球を赤く染め　やがて破壊するもの
甲状腺と骨と遺伝子を押し潰し
白内障を引き起こし耳を破裂させ
束の間　生にとどまるすべてを腫れあがらせ
燃え上がらせるものよ――

詩人は片手に原稿の紙片を持ち、空いた方の手で天を突き、敵を刺すかのように振り回し、体を反らせ延び上がり、ダイナミックなゼスチュアをしながら朗ろうと謳っている。ときさ子はそのほとばしるような情熱的な動きに気をとられていたが、そのうち、詩人の向こうの視線に気がついた。丁度真向かいの席に掛けておられるN氏が、じっとこっちを向いたまま動きがない。N氏ときさ子が向かい合う線上の真ん中に詩人がいる、氏は眼鏡をかけておられるために、視線がどこにあるのかはっきりとは分かりにくい。詩人に当てておられるのだろうと思ってみる、それとなく見直してみるが、なんとなく視線の先がこっちにある。挨拶しなければいけないと考えるが、立ち上がるのも変であるし、椅子にかけたままの黙礼は失礼な気もする。リーディングの後のレセプションになってから、きちっとした挨拶をすることにした。

詩は続いている。

戦闘機　装甲車すべて迷彩色をして地平を徘徊するもの

軍服の生地そしてたんまり貯めこんだ
ありとあらゆる戦争のパトロンたち消えるがいい
手ですくった水のように流れて消え去るがいい
そいつは私の生命に穴をあけわたしを笑いものにする
この機械どもに対するわたしの怒りを笑いものにする
風車に立ち向かうわたしの攻撃を笑いものにする——

N氏のまなざしがやはり気になるのと、趙氏が「何を抱きしめたらいいのか」と言った一言が脳裡にこびりついて、詩の朗読がすんなり入ってこない。これは帰宅してから机の前に落ち着いてゆっくり吟味しようと思い、膝の上に拡げているパンフレットの余白に、きさ子は湧き出るままに散文詩のようなものを書き込み始めた。

青春に齢《とし》はない
命あるかぎり愛に生きよう
熱い血が湧きたつ今をこそ

あの握手のとき
私は黙ってあなたの眼《まなこ》を見つめた
その心の奥深くを想うとき
どんな言葉があり得よう
触れ合った手の感触
長い道のりを越えて
今　やっと逢えた人よ
さあ胸を開いてください
私はそこへ翔び込んでいく

詩の朗読が終わって、レセプションになった。きさ子は趙氏に挨拶して、そのまま話をしていた。すると、N氏が会場を出ていかれる後ろ姿が視野に入った。挨拶することをすっかり忘れていたのに気付いた。手洗いに行かれるのか、帰宅されるのか一瞬考えた。帰宅される可能性の方が強い、そう感じたとたん、きさ子は手にしていたグラスをテーブルに置いて、急いでN氏のあとを追った。会場を出たところの椅子にかけておられた。黙礼すると、N氏は大きな手でしっかりと握手してからその右手を上げて出口を指した。一緒に出ようと言っておられる。きさ子は反射的に場内を指さした。先生もご一緒にという意味であったが、それは通じたかどうか、氏は椅子にかけたままであった。きさ子は会場に戻った。趙氏と話の途中であり、彼の傍に戻ろうとしたが、先方は誰かと話している。彼が一人になる状態を待って、それとなく見守っていると、入れ替わり立ちかわり誰彼と会話を交わしている。そのうち、近寄れない状況は、彼が故意にしている部分もあることを感じとった。なぜだろうと、きさ子は不審に思った。N氏を追う前の二人の会話はなごやかであり、彼の笑顔は優しさに満ちていた。彼の前を離れたとき「失礼します」と一言ことわるべきであったのを、うっかり失念した。しかし、それだけにこだわっているとは思えない。

ようやく彼は一人になると、食べ物が並んでいるテーブルの傍に歩み寄った。きさ子も彼の横に並ぶかたちで立った。

「お話し申し上げたいのですが」

「僕に？」

きさ子は愕然とした。氷の刃を突きつけられたような衝撃を受けた。次の瞬間、その刃を相手に投げ返していた。

「先生でなくてほかに誰がいるのですか！」

激しい語調で、だが、周りに人がいるために小声で言った。

「こんな晴れがましいところに来ましたのも、先生にお逢いしたいためではありませんか」

「電話をくれなかったじゃないですか」

一カ月ほど前のことになるが、初めて二人だけで逢うことができた。喫茶店でコーヒーを呑む、束の間の慌しい逢瀬であった。

「次は十七日頃に――」

別れぎわに彼が言った。時間とか場所は言わなかった。その日の前日になると、きさ子は朝からそわそわしながら先方からの連絡を待った。歳の差がどうであれ、男がイニシアティブをとるものという意識があった。当日も過ぎて、四日目になる今日まで連絡がなかったのは、忙しいせいであろうと思っていた。先方が電話を待っていたとは考えもしなかった。

「先生の方からご連絡いただけるものと、ずっとお待ちしていました」

互いに思い違いしていたのである。誤解がとけてほっとなった。

「今日はこのあと?」

「○○と会う約束になっているんです」
○○というのは、今日の司会役をつとめた人であった。彼はちょっと考えている様子のあとで言った。
「今日でないほうがいいでしょう」

「はい」

返事をしながら、きさ子はなぜか瞼に熱いものを感じた。すると、相手の瞳にもふと光るものが見えたような気がした。

帰りみち、いつもなら風を切るような速足で歩くのが、まるで酒にでも酔っているかのような緩慢な足どりになっていた。ゆるい坂道を下って行くと、右側に警察の建物があった。その前に警官が一人立っている。駅への道を聞いてから、半ば独り言のように言った。

「失恋したの」

誤解から火花が生じたことが哀しくて、失恋などと大袈裟な言葉が口をついて出た。

相手はどう応えていいのか分からず、微笑している。手に長い棒を持っていた。このあたりは大使館などがあって警戒が厳重であるが、そんなことはまるで頭にない。長い警棒は見慣れていないせいか、物騒にうつった。

「どうしてそんなもの持ってらっしゃるの？」

「あ、すみません」

警官は後ろにそれを隠した。


舞台では、韓国の民族楽器が場内を圧する音量で鳴りひびき、それに合わせて民族舞踊が、色あざやかな衣装をひるがえしながら繰りひろげられていた。きさ子はさっきから何度か腕時計を覗いては、席を立ちしぶっていた。終わるまで観たい、ためらううちに、終電車に間に合うぎりぎりの時間になった。中座は残念であったが、椅子を立つしかなかった。観客席が暗くしてあるのをさいわいに、そっと立って足許に注意しながら出口へ向かった。ほぼ中央の横手にある出入口の扉を開けた。すると、外側の灯りがさっと内側の扉のあたりを照らし出した。きさ子がそこにいる人を何気なく見たのと、先方がこっちに視線を当てたのが同時であった。互いにはっとなりながら、視線がからみ合った。趙氏が通路の絨緞の上に、どっかりと座っている。今回の催しは韓国からの舞踊団を招くのに、彼が重要な役割をしていて、会場に来ていることは分かっていたが、姿が見えないまま、帰るときになって思いがけない場所にいたことで愕いた。

「帰るんですか」

彼は周囲をはばかる低い声であったが、不満を表す厳しいひびきを含んでいた。きさ子がバッグと一緒に傘を持っていて、一時の中座でないことを素早く見てとっていた。

「はい」

きさ子は返事をしただけで、さっと扉の外に出てしまった。出たとたんに後悔した、開けたドアをいったん閉めて、相手の前にしゃがんで終電車の時間のことを伝えればよかったと思う。今回はなぜ、遅くなってもいいように宿をとらなかったのだろう、夫人が来ることを漠然と予感していた。会ったこともなければ顔も知らない、が観客席のどこかにいる。ドアの外に出たものの「帰るんですか」と先方が言った言葉が後を追ってきて、うしろ髪をひかれる思いであった。(帰るよりほかにどんな道があるのですか)きさ子は胸の内で問い返す。帰るよりほかにどんな道が——呪文のように繰り返しながら、秋の小雨にけぶる東京の街を駅へ向かっていた。

翌々日であった、窓際で縫い物をしながら時折り外を眺めていた。東京へ出かけた日は小雨であったが昨日から嵐になって、今日も激しい雨風が窓ガラスをたたきつけていた。今日は、舞踊団が大阪で公演する日であった。この嵐の中で、彼はどうしているのだろうかと気にかかった。思いつめると、針を持つ手許が進まない。彼のもとへ行こう、思いたって俄かに旅支度を始めた。大急ぎで時刻表を調べ、バッグの中を調え、洋服だんすから着て行く服を取り出した。

熱海で新幹線に乗り替えてからも、嵐は窓に吹きつけていた。名古屋を過ぎて大阪に近づく頃になって、ようやく三日間降り続いた雨が上がった。大阪に着くと夕暮れ近くなっていて、風も止んでいた。予約しておいたホテルへ向かうと、黄色に色づいた銀杏並木の下で、近くに住む主婦であろうエプロン姿の女性が、嵐に道いっぱい振り落とされたギンナンを拾い集めていた。公演会場に行くと、趙氏は不在で逢えなかった。その夜、宿のベッドで彼を想うと寝つけなくて、何度も寝返りをうった。

それから約一カ月過ぎて、年が明けた正月の二日であった。所用で息子のところに来ていて、朝、メール・ボックスから新聞を取り出し、はっとなった。見出しに出ているN氏の訃報が、目に飛び込んできた。病気であることさえ知らずにいたために、ショックが大きい。人生の灯台であった明かりを、突然失った気がした。趙氏に短歌を手渡してからも、ずっと続けていたのが三千五百首になって、内の二百首ほどを本にまとめようとしていた時であったが、思いがけないN氏の他界に、追悼の二首を加えた。訃報から間もない或る日、今迄見たこともない奇妙な植物が庭に芽を出しているのに気がついた。五センチほど伸びた黄土色で小指大の茎には、緑の葉っぱがどこにもない。五月になると二十センチの高さに伸びて、小さなつぼみが十数個出てきた。そのつぼみも茎と同じ黄色である。通りがかりの植木職人に見せて、これは何かと聞いてみても分からないという。六月になって、造花のような可愛らしい花を開き始めた。黄色い花弁の先に、淡い紅色がほんのりと染まっている。傍を通るたびに気にかかってならない、実物大を写生して、東京の植物園に問い合わせてみた。懇切丁寧に図鑑の写しが送られてきた。らん科の「つちあけび」で、別名「山の神の錫杖」という深山に咲く頗る異彩を放ち——といった細かい説明書が付いていた。「山の神の錫杖」という文字と、僧の杖を現わすような図柄を見たときに、はっとなった。きさ子が住んでいるところは林はあるが、深山というほどのところではない。それに、植物が出てきた場所が、外からの出入口がついているサンルームの入口であることも不思議な気がした。N氏の霊の訪れを思わずにはいられなかった。二年半前になるリーディングのあとの握手が、最後の別れになった。なにかにでていた記事によると、膨大な年賀状の返事を出し終えるのに、二月までかかるとあったが、きさ子のところには毎年正月の十日頃に届いた。印刷された文面の空白に必ず二、三行肉筆で書き添えられた言葉は、心に焼きつけられるような痛切な意味のものであった。

なんの取り柄もないきさ子になぜそこまで？　推測によれば、きさ子の店で出版記念会を開いた在日作家が、きさ子について、在日同胞になるための努力と、それが裏切られる結果になったことなどをN氏に伝え、日本の政治団体で同じような経験をされた氏は、スケールの違いはあっても、きさ子の苦しみを誰よりも理解できる思いやりを寄せておられた。在日した韓国人作家の歓送会の折、N氏がきさ子の傍に来てしばらく立っておられたのは、百万言の言葉が秘められていたのを、趙氏ひと筋になっているきさ子は、このとき、読み取ることができなかった。会が始まって早そうに退席されたのも、きさ子の姿が席にはなくて、立っている人びとの中に紛れ込んで見えなかったのを、ロビーで待っていると思われて席を立たれたのであった。大いなる人の沈黙の重みというものを、きさ子はその人を失って初めて知ることになった。

けぶるような春雨が降っていた。ベッドのクッションに凭れて、数日前に趙氏から送られてきた彼の本を開いた。本文を読むまえにぱらぱらとめくっていると、終わりの方に「著者案内」の欄があった。さっと目を通していると、そこに書かれてある著者の生年月日のところで釘付けになった。彼の生まれが一九三五年であることは、ずっと以前から分かっていたが、月日を知らずにいたのが二月二十五日になっている。え？　と愕きながら、しばらくその数字を穴が開くほど見つめ続けていた。それから本を胸に伏せて、一九一九年二月二十五日生まれの兄のことに思いがめぐり始めた。

あれは、遠い日の出来事なのかも知れないが、きさ子の心の中ではきのうのこと、いや今朝のことであった、異様な気配がして目が覚めた。

「かあさん、かあさん」

父が祖母を呼んでいる声が、離れの方から聞こえてきた。

「満佐男が亡うなった」

父が伝えている、すると祖母の泣く声がした。十一になっていたきさ子は、大変なことが起きたと分かって、寝間から起き出して離れへ上がる階段の下まで行った。怖くて上へは上がれなかった。祖母は何年か前に脳卒中で倒れて半身不随になり、離れの満佐男兄の隣室に伏せっていた。その、祖母の部屋の入口に立っている父の顔が真っ青になっている。父はきさ子に気がつくと、用事を言いつけた。

「満佐男が亡うなったことを、巌にお前から伝えておけ」

次男の満佐男兄は、旧制中学の四年の頃に柔道部の試合で胸を痛めて、肋膜から肺結核になり、二、三年経つと三男の巌兄も同じ病魔に犯されて母屋に伏せっている。巌兄はしばらく豊岡の病院に入院していた。退院して帰ってくるという日、きさ子は何カ月も居なかった兄に会える歓びと、元気になって帰ってくるという期待で、わくわくしながら迎えに出た。車から降りてきた兄を見たとき、歓びは忽ち吹き飛んでしまった。入院した時よりももっと痩せ細っていて、家までのわずかな距離を歩く足もとは今にも倒れそうな弱よわしい足どりであった。元気になって帰ってきたのではなかった。入院費が続かなくなっての退院であることが、子供心にもなんとなく分かった。それからの巌兄の看病は、きさ子の役目になった。母のいない家庭で、家族が三人病床にあるというのは地獄のような悲惨なものであった。父はみんなの食事の世話から、満佐男兄と祖母の看病に追われ、きさ子は学校から帰ると食事の支度を手伝い、掃除や洗濯、その間に巌兄の湿布を取り替える。新聞紙を拡げて油紙を置き、その上に晒し木綿を重ねて白い湿布薬をへらでのばして兄の胸部に巻きつける。その度に、あばら骨が骸骨のように浮き上がっている痩せた体を見るのがつらくてならなかった。

その兄に、父は満佐男兄の死を知らせるようにと言うのである。部屋の入口に立ったまま、きさ子は戸を開けることができなかった。病気になる前、元気な頃の兄たち二人は夏になると毎年、日和山海岸へ何日かキャンプに出かける仲のいい兄弟であった。その頃「離れ」は兄妹三人の部屋になっていたのに、感染する病気のために部屋を引き離され更に今、亡くなったことを告げればどんなに悲しむか、気落ちが体にこたえることが怖い。けれどいずれ分かるであろうし、伝えないわけにはいかなかった。音をたてないようにそろっと戸を開けた。眠っていてくれればいいと思ったが兄は目ざめていた。

「どうした？」

枕元に黙って立っている妹に兄が聞く。

「満佐男兄ちゃんが――」

あとは言えなかった。

「死んなったのか」

きさ子はうなずいた。兄は上布団を顔の上まで引き上げた、泣いているのがきさ子には分かった。兄はこの時、二十で逝った次兄とは五つ年下の十五であった。

昼頃になると、京都の薬局に勤めている長兄が駆け戻ってきた。親戚や近所の人たちも集まってきて、夜は通夜の儀式があるという。父は金光教を信仰しているところから、弔いは神式であった。外が暗くなってくると、遺体のある離れの方へみんな集まっていた。きさ子は母屋の火の番をするように父から言われて、炉端に独りでぽつねんと座っていた。三月下旬の、学校は春休みで普通ならほっとする楽しい時期であるのに、次兄を失って泣きたい気持ちにひしがれていた。人がたくさん集まっているはずであるのに、何のもの音も聞こえてこない静けさが気になって、きさ子は階段を上がって式の様子を見に行った。戸のすき間から中を覗くと、電灯が消してあって真っ暗になっている。静まりかえって、奇妙な様子であった。なおもうかがっていると、突然「うおー」という人間の声とは思えない、地の底からひびいてくるような不思議な唸り声が聞こえてきた。祭主による「御霊《みたま》移《うつ》し」があると父が長兄に話していた、それがこの事だと分かったが、恐しくなって母屋に逃げ帰ってきた。囲炉裏の薪がはじけて、火の粉が座布団に飛んできたりするのを払いのけていると、不意に縁側の障子戸が開いた。女の人が縁に膝をついた格好で、きさ子に手まねきをしている。微笑みもない険しい表情で、手まねきの仕方が急いでいるような感じがあった。母だ！　と直感した。六つの時に突然居なくなって、顔もよく覚えていないが、血のつながりが教えてくれる。庭先で待っている様子であった。どんなにか、こがれていた母が来たというのに、さっと駆け出すでもない、自分でも意外なほど大人のように落ち着いた動作で立ち上がった。母がなぜ居なくなったのか、父に聞いたことがある。「お前がもっと大きくなったら話してやる」とこたえただけで、その後はなんとなく母の事はタブーになっていた。

玄関を出ると、母はきさ子の手をとって裏庭の方へ誘う。すぐ上にある稲荷神社の電灯がさしているその薄明かりのなかで、母はまじまじときさ子を眺めた。

「大きくなったね。私が誰か分かるか？」

無言できさ子はうなずいたが、そんなことを聞くのは水臭いという気がした。この五年間、母を想わなかった日が一日としてあっただろうか。

「満佐男が亡くなったと聞いて、一目でも見たいと思って来た。私が来たことは誰にも言うんじゃないよ」

母はそれだけ言うと、また闇の中に消えてしまった。ものの五分も居たであろうか、あっという間の出来事であった。あまりに短い対面は、不満だけが残った。今迄、母を想うたびにえがいていたのは、その胸の中にすっぽり抱かれる光景であったが、そうはならなかったのはなぜだろうと思い返した。脂粉の香りに違和感があった、六歳まで一緒にいた母におしろい気はなかったのではないのか、なぜ化粧している？　それに、着物が派手であった。毎年、秋になると家じゅう張りめぐらしたロープに、箪笥の衣類が吊るされる。その虫干しの日が楽しみであった。母の物と思われる着物があると、その一つ一つに顔をうずめてみる。虫除けのナフタリンの匂いと一緒に、母の香りを感じ取る。どれも地味な柄の着物であった。今日身につけていたのは、派手な柄の着物できれいにしていた。そんな姿は馴染めないし、見たくもなかった。兄が亡くなったと聞いて、来たと言ったが、亡くなってから会いに来て何になる？　なぜ生きているうちに来なかったのか、兄たちも母のことは一言も口に出したことはないが、亡くなった兄も、母を思う気持ちはきさ子と同じであったに違いない。厳兄が母屋の病床にいるのに、なぜ会わなかった？　父を恐れてか、世間の目が怖いのか、病気で苦しんでいる我が子よりもそっちの方が大事だというのか。以前は、小作の人たちが持ってくる俵が内庭に山のように積まれていたのに、年ごとに少なくなったのも、家の雑用をしていた男衆を雇えなくなったのも、母がいなくなってからであった。母が居れば兄たちも病気にならなかったかも知れないし、なったとしても死なさずに助けることができたかも知れない。

突然、母が現れたショックからあれやこれや思いめぐらしていると、紋付に袴の父と長兄が母屋に下りてきた。二人は茶簞笥の前に立ったまま、なにやら相談している。母は、来たことを誰にも言うなと口止めしたが、子供の胸一つに収めるには重すぎた。それに、今ならまだ追うことができるような気がして、なんとか呼び戻してほしいという希いがあった。

「お父ちゃん、今さっきお母ちゃんが来なった」

父と長兄はぴたっと話を止めて、互いに顔を見合わせている。

「おまえ、会ったのか？」

父はきさ子に聞いた。

「うん」

「もう二度と会うんじゃないぞ、あんな者母親じゃないんだ」

父は険しい顔つきになって、とどめを刺すように言った。連れ戻してほしいなどとは、言い出せるどころではなかった。

弔いのあと、長兄がこのままの状況ではきさ子も病気になると憂えて、父と相談のすえ、当分の間きさ子は豊岡の親戚に預けられることになった。少し前から胸に痛みがあって、医院の先生から肺浸潤だと言われていた。京都の勤め先に戻る長兄に連れられて行くことになり、巌兄に別れを言った。

「行ってくるね」

事情は父や長兄が兄に伝えていた。いつまた会えるかわからない、つらい別れであった。

「そうか。元気でいるんだよ」

きさ子は涙が出そうになるのを、ぐっとこらえた。春休みが終われば六年生になる大事なときであったが、学校は家に帰るまで休学するしかなかった。

叔父の家で暮らすようになって一カ月がすぎた六月の始め、祖母が他界したという知らせがあった。きさ子は叔父に連れられて、葬式に帰ってきた。気がかりであった巌兄のいる部屋に駆け込んだ。枕もとに衝立が立ててあって、きさ子が上から覗ける高さである。そっと覗いてみて、息が止まるような思いがした。きさ子がいた時も痩せ細っていたのに、居なかったこの一カ月の間に頬の肉はげっそりと削げ落ちて、目を閉じている瞼はくぼみ、顔は土気色に蒼ざめて、見る影もないやつれようであった。

「いわあちゃん」

習慣になっている小さい頃からの呼び名で声をかけた。兄は目を開けて衝立の方を見た。

「ああ、きさ子か。おまえが豊岡に行ったから、僕はこんなになってしまった」

兄は何を訴えようとしているのだろう、きさ子が親戚に移ったあと、遠縁のおばが洗濯や家事などに通っていると聞いていた。父はほとんどつきっきりで兄の看病をしているのも聞いている。兄が言っているのは看病の意味ではなくて、離れていることの淋しさではないのか。幼くして母親を失ったせいで、巌兄とは誰よりも強い情愛でつながっている。

真意は、はっきり分からないながら、だいじな言葉だという気がして、しっかり胸に刻みつけておくのだと自分に言いきかせた。

祖母の葬式のあと、きさ子はまた叔父に連れられて豊岡に行くことになっている。家を出るとき、叔父は病人をいたわり力づけた。葬式の手伝いに来ていた近所のおばさんも病室に来て、衝立の影で涙を拭いている。「かわいそうになあ」とつぶやいたのを、きさ子は聞き取っていた。兄の息づかいと苦しむ姿は、命の火がすでに消えかかっているのが誰の目にも分かった。父は悲痛な面持ちで枕許に座っている。きさ子は必死でつらさに耐えていた。叔父のあと、別れを言わなければならない、最後の別れになるような気がして何も言いたくなかった。叔父が挨拶するようにと催促した。無理矢理引き出されるようにして衝立のところに立った。

「行ってくる」

声が引きつっていた。

「行くのか、行ってしまうのか」

すがるような目で、じっと見上げている。

叔父の家に戻ってからも、兄の病状が心配でならなかった。なんとかして病人の許に帰りたい、病気がうつってもいい。

「叔父さん」

きさ子が叔父に話しかけようとしたとき、亡くなったという知らせが届いた。

師範学校へ進学も予定され、ずば抜けた成績で神童と言われていた少年の、あまりにも短い命であった。


趙氏の生年月日が、厳兄の誕生日と年こそ違え同じであるという、それだけのことであったが、雷にでも打たれたように驚愕した。世の中にこのような偶然は、そこらじゅうにかぞえきれないほどあるだろう。きさ子が驚いたのは、単なる偶然とは思えないからであった。なぜだろうと考えてみる、以前から妙な予感があった、趙氏が一九三五年生まれであるのを知ったときからなんとなく気になっていた。それは、彼への惹かれかたがふつうではなかった。不思議に思えることもある、娘時代に郷里の青年団で演劇をした。悲恋ものの劇中に流す歌詞のつかない曲だけのレコード盤を探していると、なんともいえず心を捕える哀しい曲があった「木浦の涙」と書かれてある。当時のきさ子はそれが韓国の歌であることも知らないまま、その曲を劇中に流した。この芝居は大当たりをとったが、木浦が趙氏の出生地であるのを、のちになって知ることになった。巌兄の命日は、一九三四年の六月五日である。医学書を持ち出して、懐妊の日数を調べた。だいたい二八〇日とされている、六月五日から翌三十五年の二月二十五日は、ほぼその日数に合っている。きさ子は死後の世界を信じていない、ましてや「生まれ変わり」があるとは考えられなかった。その反面で、死者はその者を愛しむ生きた人間の心の中に生き続けるとの思いもあった。宇宙の摂理を司どる神のようなものを信じていて、全ての出来事はその宇宙の神の采配によるものと思われ、そこから「生まれ変わり」もあり得ると考えられなくもなかった。

趙氏の誕生日が分かって以来、日が経つにつれて兄の生まれ変わりかも知れないという予感は、しだいに確信に近いものになっていった。だが、彼にこのことを話すつもりはない。万に一つそれが事実であるとしても別人として生まれてきた人に関係がないともいえる。ただ、輪廻転生について、どのような見解をもっているのか知りたい。それと、確かめる方法として一つだけ聞きたいことがあった。兄の湿布薬を取り替えていた当時に分かったことであるが、背中の右肩甲骨の下に黒子《ほくろ》が一つあった。もしかすると前世からのメッセージとして、同じような刻印が彼にあるかも知れないと考えられた。

スコールのような雨が降ったかと思うと、さっと止んで、ひときわ明るい陽の光りが八つ手の葉に耀く初夏の雨上がりであった。電話が鳴って、受話器をとると趙氏からであった。旅行に行きたいところがあるかとたずねる、彼の生まれ故郷である木浦へ行ってみたいのであるが、兄とのつながりをたしかめたい思いが強い。

「あります」

「どこですか、外国?」

「いいえ」

何年か前に、欧州へ絵の素材を求めてスケッチ旅行をした。韓国へは三度出かけているが、ジャンボ機事故のニュースなどから飛行機嫌いになって、外国へは船は別として、木浦以外は行きたいと思わなかった。

「国内ですけど」

生まれ故郷に行きたいのだと応えた。

「兵庫県でしたね」

「但馬地方に古代、新羅《シラギ》の王子が渡来して開いた土地があるのをご存じだと思いますが」

「あれは、たしか出石《いずし》というところではなかったかなあ」

「そうなんです」

「え？　そこがふる里――」

「はい。先生、あちらにいらっしゃったことは――」

「ないですねえ、ぜひ行ってみたい」

「嬉しい」

少女のような声をあげるきさ子に、先方もほほ笑んでいるらしい様子で言い添えた。

「あなたに話したいこともあってね」

日時を打ち合わせて受話器を置くと、すぐに馴染みの宿を二部屋予約しておいた。郷里へは何度も行き来している。その日が迫ると、落ち着かない気持ちをやたら動き回って旅支度をした。出かける日になった。空の便もあるのに、趙氏は飛行機嫌いにつき合うかたちで、新幹線から山陰線を乗り継いでの長旅である。故郷への道を、きさ子は楽しさと懐しむ思いでこれまでも退屈はしなかったが、京都までの約三時間を今回ほど短く感じたことはなかった。久しぶりの再会であるのに、不思議なほど会話がないのは、その必要がないともいえる。傍にいるだけで、思うことがすっと相手に伝わっていく気がした。目を閉じて、肩や腕が触れ合うのを感じていると、二人だけで宇宙を翔んでいるような錯覚におそわれる。趙氏は新羅に関する文庫本を持ってきていたが、目を通しては膝に伏せて窓外に視線を移していた。京都で山陰線に乗り替えるとき、往き交う人びとの表情にふるさとの香りにも似た雰囲気を、来るたびに感じることであり、趙氏に話してみた。

「地方色というのは顔に出るようですね」

「そういうものらしい。東京でも沿線によって違いが出る」

「何がどのように作用するのか、細かく分析すると面白いかも知れませんね」

「住んでいる土地の風土が心理状態に微妙に影響して、それが表情に出てくるということかな」

「ええ、そうなんですね」

山陰線の車中で、韓国の話になった。

「ソウルからどこかへ往きましたか」

娘はソウルに留学している。

「雪岳山《ソラクサン》に行ってきました」

娘の、韓国人のボーイフレンドが、愛車で母娘をソラクサンへ、ドライブに連れて行ってくれた。

「十月の下旬でしたけど紅葉のまっ盛りで、あの美しさはこの世のものとは思えないくらいで感動しました」

夜には東海《トンヘ》にドライブした。海辺に下り立ったとき、まっ暗であった海の彼方から満月が昇る瞬間を観ることができた。水面に黄金の光が一筋の架け橋を瞬時にして、三人が立っている足許にのばしてきた。思わずその橋を渡って行きたい衝動にかられたほど、神秘の世界であった。そのとき、精神科医のボーイフレンドが何を思ったのか、男女の愛の究極は何かと訊いたのに対して「心中」だとこたえた。生命は宇宙の摂理によって与えられたものと考え、生かされていることに感謝しているきさ子は、自ら命を断つほど罪深いものはないと思っている。それをなぜ心中などと言ったのか、幻想のなかで呆然とするうちになにかが狂っていたのであろうか。

豊岡に着いた。汽車を降りて、そこからタクシーで出石までは二十分ほどかかる。道の両側に拡がる田園風景を、初めて来た趙氏は珍しそうに眺めている。出石に着くと、陽は落ちて暮れかかっていた。宿では、部屋を隣り合わせに予約したとおりに用意してあった。夕食までの時間を、ロビーのラウンジでくつろぎながら、明日の計画をたてることになった。ラウンジには大きな炉がつくってあって、焚き火があかあかと燃えている。

「ここは感じのいいホテルですね」

趙氏は気に入ったもようで見回わした。

「まだ近年にできたものなんです。四、五年前でしょうか」

紫色のシックなじゅうたんは落ち着いた華やぎがあり、炉の焚き火が暖かい雰囲気をかもし出して、自然に包まれた周りの環境に溶け込んでいた。以前、久しぶりに帰郷した折、生家が分からなくて往ったり来たりしながら探したことがある。夜遅く着いて道が暗いせいもあったが、家の前が広い水田であったのを電気メーカーの企業が工場を造った。その折に、道路まで埋めて高くしたために、道からかなり高いはずの家の敷地との段差が変わった。その感覚のずれが迷うことになった。金の力で入り込んできた大企業は、豊かな自然が残っているこの田舎に、土地の安値に目をつけたか、山を崩して田畑を埋めたて、金属性の無粋な建造物を林立させた。以来、帰郷するたびに環境が破壊されたありさまに憂うつになっていた。それが近年になって工場が撤去され、跡地に七階建てのホテルができたときには、我がことのように喜んだものである。出石は、城下町として観光地になっている。旅館はあるが、ホテルが一つぐらいあってもいいのにと思っていたところであった。

「最初に生家に行ってみましょう」

きさ子がバッグに入れてきた町の地図をテーブルに拡げると、彼は、どのあたりになるのかと訊く。家を継いだ甥が京都に住んでいるために、生家は現在住む者もなくて廃屋になっていることは、来る車中で話してあった。

「すぐこの近くですけど誰もいませんし、町を見物したあとではどうでしょう」

心にひそめている深い想いがあるために、あとでゆっくりたしかめたいという気持ちであった。

「あなたがその方がいいのなら、そうしよう」

先ず、渡来した王子、天日槍《あめのひぼこ》を祀る出石神社へ行くことにした。次に資料館に寄って、そのあと、城跡へ登ることになった。白磁を焼いている出石焼きの窯も案内したい。最近、但馬をあげてのイベントがあって、ひぼこホールという愛称の会場がつくられた。そこで、天日槍を中心にした古代史のシンポジウムが、日本の歴史学者や韓国からも教授を招いて開かれた。その後のようすや、現在は何の催しをしているのか、そこへも行ってみたい。昭和の初期、日中戦争の処理で、政府と軍部を糾弾する反軍演説をした斎藤隆夫が、この地から出た人であり、話題は当時のことに移った。

その夜、きさ子は遅くまで寝つけずにいた。いつかの大阪でのように、何度も体の向きを変えては寝ようとつとめたが、隣室に趙氏がいるというだけで神経が冴えて眠れない。物音はいっさい聞こえないようになっているが、まるですぐ傍にいるかのような感覚であった。長旅で疲れているのでは、と気になったり、彼も同じようにまだ起きているのだろうかと思ってみたりした。しばらく逢えなかったせいか、今迄のことが走馬灯のように浮かんでは消える。

彼の誕生日を知る前であったが、東京へ買物に出かける駅のホームで、電車を待っているとき、何気なくあたりを見回していて、はっとなった。カラー映画が、不意に白黒の画面になったような暗いくすんだ色に見えた。趙氏に逢えるという日の駅は耀いていた、ということは彼とのことが終わったのであろうか、と突き落とされるような寂寞を覚えた。その後日、誕生日を知ってからはこれまでのキラキラしたものではない、逢えなくても耐えられる、現実を超えたものに変わっていった。いつであったか、ラジカセをかけながら、部屋の中を行ったり来たりして用事をしていた。すると、愛するだけでは生きられないさ——という演歌の歌詞が耳に入ってきた。何のことかと意識に引っかかった。愛するだけではどうして生きられない？　意味が呑み込めない。だいぶ日が経ってから金のことか、と分かってきた。金は自分には縁のない、魔力をひそめた厄介なものと思っていて、日々をなんとか暮らせればいい、と金のことは考えないところがある。それにしても、歌の意味がすぐには分からなかった自分の非現実面に気付かされた。

イーゼルに架けた画布から、しばらく遠のきたくなるそんなとき、洋服を作るのが好きであった。好みの色や柄の布地を買ってきて、デザインを楽しみ、一心不乱に縫い上げる。たて続けに六着ほど仕上げたときがあった、ハンガーに掛けて眺めているうちに或ることに気がついた、どれもこれも襟もとなどが少女服に出来上がっている。年を重ねると、回帰現象になるというが、きさ子の場合は、考えてみると一貫して少女服であった。なぜだろうと考えるうちに、大事なことに思い至った。巌兄を失ったとき、時計の針が止まったようにぴたっと命が止まってしまった部分があるのを悟った。あの当時、毎日泣き暮らした。目のふちが黒くなったのを覚えている。あれから半世紀経つ今も、兄の肖像に「いわあちゃん」と呼びかけると、瞼が忽ち熱くなる。本箱の上に、ひき伸ばした満佐男兄の写真と、きさ子が描いた巌兄の肖像画が立てかけてある。十二号に描いたほぼ実物大の胸像であった。病気になる前の、六年生の卒業写真をもとにしたもので、紺がすりの着物に紋付きと思われる黒い羽織を着ている。その羽織に肩上げがしてあるのが、見る度にいじらしい気がした。独り暮らしを淋しいと思ったことがないのは、この二人の兄がきさ子の中で生きているせいであった。外から帰ってくると、靴を脱ぎながら「ただいま」と言う、兄たちに声をかけているのであった。出かけるときは「行ってきます」と挨拶する、宇宙の神と二人の兄とで暮らしているのである。

翌日も、心が洗われるような風薫るさわやかな晴天になった。出石神社は朝のせいであろう、人影もまばらで静まりかえっていた。拝観のあと社務所に入って、書き残されている史実などを調べてみた。きさ子が子供の頃の学校は、軍国教育一辺倒で、郷土についての大事な歴史などはほとんど教わらないままで、現在のわずかな知識は、近年になって独自に知り得たものに過ぎない。神社の創立年代は不明であるが、貞観元年（八五九年）には但馬一の大社になっている。祭神は但馬開発の祖神、天日槍命《あめのひぼこのみこと》が携えてきた八種《やぐさ》の神宝《かんだから》となっていて、国土開発の祖神として崇められている。国の重要文化財にもなっていた。僅かな家来と共に渡来してきて、未開の沼地を農耕地に開拓した。その間、水難に遭って大変な苦労をしたことも伝えられていた。王子が渡来するに至った当時のいきさつについて、新羅の国ではどんな状況になっていたのか、唐と結んで高句麗と百済を平定して、朝鮮全土を統一したのが六六八年であるから、その後どのようないきさつで王子が来たのか、そのあたりのことにも興味があった。ひぼことはどんな人物であったのか、きさ子はあれこれ想像してみた。趙氏のような大柄な体格の、おそらく偉丈夫であったろう。この地の村長《むらおさ》の娘、麻多鳥《またを》を娶ったと伝えられているが、それはどのような女性だったのか。生まれた国も風習も異なる男と女が連れ添って、どんなふうに暮らしたのだろう。現代は、文明によって大きく環境が変わったとはいえ、人間の動物的本性そのものは、千年経ってもさほど変わらないといわれている。と、すれば身近なこととして想像できる気がした。

「折があれば慶州《キョンジュ》へ行ってみたいですね、必ず但馬とつながる新羅の歴史が何らかのかたちで残っていると思う」

趙氏の意見であった。きさ子も、それができればどんなに楽しいだろうかと思ってみる。ソラクサンにドライブした翌年の秋に、娘と二人でソウルからセマウル号に乗って慶州へ小旅行した。歴史を調べるつもりであったのが、景色に魅せられてセンチメンタルな旅しかできなかった。

町外れに位置する出石神社から、再び町の中心部に戻って、次は資料館に入った。何十年か前に、きさこはここの奥の間に上り込んで細かい調べものをしたことがある。藩政の頃の記録が多く残されていた。山名氏が豊臣秀吉に滅ぼされて、秀吉の弟秀長が支配した歴史や、江戸時代になってからの小出、松平、仙石氏に至る出石城の史料なども多く、鎧や刀剣類、大名行列の折に使われた道具なども陳列されている。二人は当時の風俗のことなどを話し合いながら、丹念に観て回った。資料館のあとは、小料理屋に寄って名物の手打ちそばなどで昼食をとった。そこを出ると、正面に町役場が見えるメイン広場に向かった。左側に小さな池があって、そのほとりに時計台のようなものがそびえ立っている。

「あれが辰鼓櫓《しんころう》といって、この町のシンボルになっています」

「何かでこれの写真を見たことがあるなあ」

「あのたりに大手門があって、辰の刻（午前八時）に藩主の登城を知らせるのに、この大太鼓を打ち鳴らしたといいます。形が鼓に似ていますでしょう、それでその名がついたそうですよ」

メイン広場を左へ曲がったところに、城跡への登り口がある。百五十七の石段に添って、三十七の朱い鳥居がそれに連なっている。

「先生、いつかまたあの〝タヒャンサリ〟を聴かせてください」

石段を登りながら、きさ子が言った。

「いいですよ、そのかわりあなたの歌も聴きたいなあ」

「はい。機会がありましたら」

時折り、風呂で大声を張り上げてうたい出すときがある。そんなときたいてい、待てど暮らせど来ぬ人を――と「宵待ち草」をうたう。ピアノを思いっきりたたきたい時は、「木浦の涙」や「タヒャンサリ」、娘時代に初恋の人がうたってくれた「緑の地平線」を必ず弾いてから終える。

「日本の歌ではどういうのがお好きですか」

きさ子がたずねた。

「城ヶ島の雨、なんかいいですね。それから土井晩翠の〝荒城の月〟もいいなあ」

「荒城の月？」

きさ子は足がすくんで動けなくなった。それは二人の兄、ことに巌兄が最も好きな歌であった。

「どうかしましたか」

「いいえ、なんでもありません」

遅れて登るきさ子に、彼は立ち止まって手をさしのべた。駆け上るようにして、その手にすがった。なんと温かい感触であろう。手に触れるのは初めてではない、何年か前、東京で趙氏を中心にしての集まりがあったとき、終わってみんなが出たあと、趙氏がレジで支払いをしていて、きさ子は自分の会費を彼に渡そうとした。いらないという意味で彼は押し戻して、触れ合った手を一瞬、握りしめた。そこを出るとき並んで歩きながら、きさ子が言った。

「桜が満開なんです」

伊豆の桜並木を言って、そのあと、おいでくださいと続けるつもりが、恥ずかしさで言えなかった。

城の跡地は、現在では稲荷神社が祀ってある。下を見おろすと、遙か遠くの山並みまで一望に眺めることができる。下界が箱庭のように小さく見えた。きさ子は子供の頃から何度も来ているが、初めて来た趙氏はやはり珍しいようすであった。新羅の王子が開いた土地という視点からも観ているようであった。若いアベックが一組いるほかは、小学校五、六年生か、男の子が何人か広場を賑やかに走り回っていた。そのうち子供たちが下りていって居なくなると、山の静寂が戻ってきた。周りにそびえ立つ針葉樹の大木が、あたりを仄暗く包み込んで、何やら一種の霊気が漂うのを覚える。

生家は、まだ崩れもせずに建っていた。一世紀半になるというのに、昔の家はこんなにも丈夫に建てられているのかと驚かされる。

「ホテルから目と鼻の先じゃないですか、最初に来ればいいのに」

あとまわしにしたこっちの胸の内を知らない趙氏はどうして、といった面持ちでほほ笑んでいる。横手の小高いところにある祠に彼を案内した。出石城主の側室であったお玉さんが祀ってある。言い伝えによれば、仙石氏の時代、何があったのか、正妻の嫉妬から長持に入れられ、蝮責めにして殺されたという。後日、城主に祟りがあってここに祀られた。お玉さんはきさ子の家系から出た人とされているが、過去帳が寺の火災で焼失したために、現在ではくわしいことは分からなくなっている。秋になると年に一度の祭りがあって、地域の人たちがそれぞれお供え物を持って集まってくる。祠の祭壇の下に造ってある囲炉裏で、一晩じゅう薪を焚いて、食べたり呑んだりしながら朝までおこもりをする。昔、きさ子たち子供も、お供え物をもらって食べながら、大人にまじって囲炉裏を囲むのが楽しみであった。

「過去帳が焼けたのは惜しいですね。しかし何があったにせよ蝮責めとはむごいなあ」

趙氏は、きさ子が開けた扉の間から中をつぶさに覗いている。壁に絵馬が掛かっているのは、次兄が描いたものであった。祠の石段を下りると、前が広い空き地になっている。雑草のなかにふきが一面に葉をひろげ、ところどころに竹の子が出て伸びかかっている。

「ここには以前、離れ部屋がありましてね、或る日、帰ってきましたら建物が忽然と消えていて愕きました。父が他界して、長兄が家族と住んでいた頃ですけど、建物をそっくりそのまま売ったと言うんです。高台になっていて、台風の折にこのあたり一帯が水びたしになったときは、近所の人たちが避難してきたのを覚えていますけど、その石垣まで売ったそうです。」

建物をそっくり売ることができることさえ、きさ子はこのときまで知らなかった。

「長兄は私と同じ甲斐性なしで、金に困ってのことらしいのです」

きさ子にとっては想い出がぎっしり詰まっている建物を失って、兄をなじりたいのを我慢したものの、この時だけは腹立たしく思った。次兄と巌兄が健康であった頃は兄妹三人で使っていて、学校が夏休みになると、夜は仕切りの襖が取り外され、部屋いっぱいに楽譜が拡げられる。次兄が横笛、巌兄はハモニカ、きさ子は大正琴で合奏する。前の水田で、蛙がそれに合わせるかのようにゲロゲロと騒々しく鳴きたて、蛍がつかみ捕りできるくらい、庭先に群れて乱舞していた。忘れることのできない光景であった。

「ここはコウノトリが、あの山の松の樹に巣造りして、向かいの田で毎日餌をついばんでいた珍しいところでしたのに、戦後農薬を使うようになってからいなくなりました」

水田であったところには、現在は町営住宅などが建ち並んでいる。

「コウノトリがいたというのは、当時、いい環境だったということですね。残念だなあ」

「あのホテルがあるあたりに軽便鉄道の駅がありましてね、それも戦後間もなく廃止になりました」

万が一にも、前世が兄であるなら、幼い頃の風景を何か想い起こさないだろうかと、儚い望みを抱きながら更に説明した。

「あの西の山すそのところに、昔は小さなミニ牧場があって、その向こうに陶器を焼く登り窯がありました。いつも煙が立ちのぼっていたのを思い出します」

山の向こうに陽が沈んで、空が茜色に染まっていた。鴉が二羽、茜の空を鳴きながら西北に向かって翔んでいった。ねぐらに帰っていくのであろう。

「あなたは天日槍が切り開いた土地に生まれ育って、僕が知るかぎりでも我われの民族と縁の深い人生を経てこられた。そんな気がする」

「それは私も思うときがあります」

（それもこれも、すべてあなたにめぐり遭うための長い道のりであったような気がしてなりません）きさ子は声に出さない言葉を言った。そのあと、思いきってたずねてみることにした。

「先生、おたずねしたいことがあるんですけど」

「あ、どうぞ。なんでしょう」

「右の肩甲骨の下あたりにほくろがおありですか」

「え？」

思いがけない問いだったのだろう、彼は愕いてきさ子の方を振り向いた。

「右ではない左側にあるんですが、どうしてそれを？」

きさ子の内心は、もっと動転していた。半信半疑でひそかに希いはしているものの、この世にそんなことがあり得るのだろうか。

「あなたは透視能力でもあるんですか」

「いいえ、そんなものはありません」

「じゃ、どうして――」

「なんとなくそんな気がしただけです」

趙氏の不審からきさ子は身をかわそうとつとめ、彼は解せないといった様子であったが、それ以上追究はしなかった。

同じようなところにほくろがあるのは、やはりメッセージであるような気がしてならない。樹にも連理の樹というのがある。きさ子が伊豆に移ってきたとき、庭に何本か高く伸びた樹を残して整地してあった、そのうちの一本がナラの樹で、根本の幹が二本になっていて、抱き合うようにからみ合っている、初めてみる連理の樹であった。樹に連理があるなら、人の世にもあって不思議はないのかもしれない。打ち明けることができれば気は楽になるだろうが、他人である限りは、無縁の人として明かすわけにはいかない。一夜でもつながりのある間柄になる場合が、もしあるとすれば、そのときには話せるだろうと思われた。

「何をしてるの」

小石の尖ったところを使って、きさ子は松の古木に文字を書き込もうとしていた。

「来てくださった今日の記念に、日付けを彫っておきたいのです」

「記念なら、もっといい方法がある」

彼はきさ子の傍に寄り添ってきた、両肩に手をかけて胸に引き寄せた。相手の腕のなかに体がすっぽりと抱かれた。きさ子も相手の背に両手をまわして、しっかりと抱いた。逢えなかった日々を取り戻すように、しばらく抱き合っていた。それから相手の唇が、そっと触れてきた。目を閉じているきさ子の感覚に、そよ風のようなやさしく温かい口づけであった、やがて次第にそよ風は暴風になっていった。きさ子もまたこの何年かを、彼への想い一筋に、禊のような生きかたをしてきた体に、狂おしい情念の火がついていた。

長い口づけのあと、二人はホテルに帰ってきた。夕食の時間になっていて、食堂に入った。口づけの熱い血が湧きたった余韻が冷めないまま、食事のあいだはどちらも黙りがちになっていた。軽い会話の入るすき間のない、人生の大事な時にきているような、重い空気が二人を包んでいる。明日は城崎に行くことになって、それについての打ち合わせをしただけであった。

「話したいことがあるとおっしゃっていましたのは、どのようなことでしょうか」

デザート・ワインのグラスを手にしながら、きさ子がそれとなくたずねた。趙氏の生きかたは、けじめにも厳しい。旅行に誘ってくれて人目をはばかることなく同伴したこと、そして初めての口づけ。話というのは、彼の側の状況に何らかの変化があったのではないだろうかと、なんとなく伝わってくるものがある。

「ここを出てから話しましょう、今後の相談もある」

いくぶん固い面持ちを、そのあと柔らげる微笑で言い添えた。

「交換条件を出そうかなあ」

ほくろのことをなぜ知っているのか、それを先に訊きたいという。きさ子もほほ笑みながら、輪廻について語ることになりそうな予感を感じとった。幼い命を引き裂くような、兄との悲しい別れであったが、妹を想う兄の強い愛情は、再び姿を変えてこの世に現われ、互いに紆余曲折を経たのちに、恋人としてめぐり遭うことになった。もし、そうであるとすれば、人生にこれほどの至福があるだろうか。

食堂を出ると、趙氏はラウンジで話すつもりかと思ったが、そこへは寄らず、エレベーターの前に来て、ルームナンバーの階数を押した。扉がひらくのを待つ間、きさ子の中でふっと何年か前の光景が甦ってきた。短歌を書いた年賀状を渡そうとして待っていたあのとき、憂いを含んだ彼の様子、きさ子はそっと趙氏の横顔に視線を当てた。憂いの影など、どこにもない、明かるい晴れやかな表情をしている。

扉が開いた、エレベーターの中は二人きりであった。きさ子は寄り添いながら、彼の腕に手を添えていた。エレベーターを降りて部屋の前に来た。きさ子がハンドバッグからキーカードを取り出そうとしていると、趙氏が黙ってそれを押し止どめた。その手できさ子の手をとって、隣の彼の部屋に連れて入った。

# 満ち月

その若者は、部屋の隅のあたりに座っていた。集まりの間じゅう、慈《めぐみ》は時折り彼の方をそれとなく意識していた。控え目であまり発言せず、それでいて、妙に存在感があった。姪から何度も聞かされている「谷川先生」というのは彼だな、と慈は直感していた。姪は幼稚園から帰ってくると、鞄を肩からはずしながら、まっ先に口をついて出てくるのが彼のことであった。

「今日はねえ、谷川先生に抱っこしてもらったの」

一大ニュースのような口ぶりで報告する。幼稚園が小学校と同じ建物の中にあって、小学校の教員である彼は、休み時間になると園児室に入ってくるのだという。

今まで会ったこともないのに、彼がその人であるとなぜ分かったのだろう。向こうでも、こっちが姪の家の者であることに気付いているようであった。村を地区別に分けた三十人程の青年団員が集まっていて、みんな顔見知りのなかであるが、郷里を離れがちであった慈だけが珍しい「新入り」のかたちになっていた。

集まりが終わって帰り道、慈は相手に声をかけた。

「谷川先生ですか」

「ええ、そうです」

「姪を可愛がってくださって、ありがとうございます」

肩を並べて歩きながら慈が言った。彼はそれにはこたえず、別なことを言った。

「僕は本当を言うと、まだ十八なんです」

「え？」

慈は驚いて彼の方を見た。その横顔に少年の面影が残っている。それにしても落ち着いた雰囲気があって、十八には見えなかった。

「二十過ぎに見えますよ」

「よくそんなふうに言われるんです。僕が一年生のとき、あなたは六年生でした。覚えています」

別れ道の四つ辻に来た。ほほ笑みを交わしながら別れた。

集会で決まった演芸会の準備に、慈は早速とりかかることになった。敗戦の年が明けた今年の一月、新しい青年団が結成されて、その旗揚げとして、村の人たちを慰労する意味での演芸会を、この二月末に催すことになったのである。終戦まで何年か勤めていた、銀行の事務しか経験のない慈が、芝居を創り、ほかに踊りや独唱の団員のアドバイスもしなければならなくなった。

芝居の筋書きが出来て、稽古に入る段になり、その場所を探しているとき、谷川が、僕の部屋でよければと言ってくれた。借りることにして、何日か稽古が続いた。女だけでやる喜劇であった。谷川は部屋の端にやぐら炬燵を片寄せて暖まりながら、女たちの様子を、にやにやしながら見物していた。

「あんたは別の部屋にいってなさいよ」

彼の姉が、弟の前ではやりにくいのか追いたてようとする。

「ここは僕の部屋だからね」

谷川は部屋主を主張して動かない。

何日か経った日、メンバーの一人が、せりふが覚えられないから抜けたいと言い出した。劇は中止さぜるを得なくなった。みんなは炬燵に入って雑談になり、谷川はつまらなさそうに、部屋の角に置いてあるオルガンのところへ行って、何やら弾き始めた。慈は傍にあった楽譜の束をめくっていた。気分が落ち込んでいくのが自分でも分かった。一人のわがままから、新たに演し物を創らなければならない憂うつと、もう一つは谷川としばらく逢えなくなるという淋しさがあった。彼も、今同じことを思っているのが、以心伝心で伝わってくる。楽譜をめくりながら、知っている歌はないかと探していた。なんでもよかった。谷川のところへ行くきっかけがほしかったのだ。「青春日記」という慈の知っている歌があった。それを持って彼の傍に立っていった。

「これ弾ける?」

楽譜立てに譜面を拡げた。

「さあ、弾いたことはないけど」

谷川は譜面を見ながら一、二度弾いてみて、すぐにマスターした。彼が弾くのに合わせて慈は歌詞を口ずさんだ。

初恋の
涙にしぼむ花びらを
水に流して泣き暮らす
哀れ十九の春の夢

二人だけに通じ合っている想いが、息の合った悩ましい雰囲気をかもし出した。彼の、伴奏を弾く左の腕が低音にくるたびに、寄り沿って立っている慈の体にかすかに触れた。それが二人だけの暗黙の囁きになっていた。

新たな演し物を考えるうちに、日にちが容赦なく過ぎていく。稽古日数が少ないことも考慮に入れて創らなければならない。喜劇は止めて、悲恋ものにした。親戚の家にあったレコード盤で聞いたことがある「下田夜曲」というのを、アレンジして創ることにした。姉芸者の役に適当な者がいなくて、慈が引き受けることになった。踊りをする団員の振りつけをしたり、目が回る忙しさになった。

演芸会が近くなった日、会場になる学校の講堂に舞台がつくられて、そこで予行練習が行われた。主立った団員の男たちが何人か来ていて、舞台の造りや進行について点検しているなかに、谷川の姿があった。二人が顔を合わせるのは「青春日記」をうたって以来になる。腕組みをして立っている様子は、逢わなかった数日間に更に大人っぽく見えた。下稽古が夜になって終わり、慈が帰るとき、仄暗い渡り廊下を、谷川は肩を寄せて歩きながら送ってきた。

当日になった。会場に来てみると、開幕にはまだ間があるというのに、広い講堂がほぼいっぱいに人で埋めつくされ、ざわめいていた。終戦になったといっても物不足は続いていて、不自由な暮らしではあったが、軍国主義の抑圧はなくなって、民主主義になった精神的な解放感が、演芸会を盛り上げていた。

団員の控え室を覗いてみると、谷川が小さな黒板に「火の用心」と書いている。劇中で使うのか、それとも会場に立てるのか。

「何してらっしゃるの」

後ろから声をかけた。

「うん、ちょっとね」

短い返事をしただけで何も言わない。口数の少ないたちであるが、このとき、独唱するつもりでいることをなぜ伝えてくれなかったのか。照れくさくて、言いたくなかったのであろうことは分かるが、この日、彼の歌を聞きそびれたことが、慈にとって一生悔やまれることになろうとは。

「下田夜曲」は、プログラムの後半であった。出番になって、幕が開く前の休憩時間、慈が幕の隙間から見物席を覗いてみると、父の機嫌のいい顔が見え、その横に谷川が座っていて、あぐらの膝の上に姪を抱いてくれている。その席は、慈がさっきまで座っていた場所であった。それを彼はどこから見ていたのか、そしていつの間に来たのであろう。劇が始まるのを、この大勢の人たちの誰よりも期待して待ってくれているのは谷川である。そう思ったとたんに緊張が高まり、胸の鼓動が早鐘のように打ち始めた。

幕が開かれた。舞台右端の前面に、バイオリンを持った中年男性が立ち、その横に、劇の解説をするナレーション役の女性が並び、更にその横に主題歌をうたう女性が立っている。

バイオリンの哀愁を帯びた曲が流れ出した。花道を、船員と妹芸者がゆっくり歩きながら舞台の中央へ向かう。船員は姉芸者の想う人であったが、妹芸者もまた船員に恋しているために、姉芸者への義理に苦しんでいる。

二幕めは、姉芸者が独りでやけ酒を呑んでいる。そこへ妹芸者が入ってきて、深酒の身を案じてその苦衷を思い、自分が身を退こうとする。姉芸者はそれを叱って彼女を励まし、自分の恋はきれいさっぱり諦めようとする——。

二人の芸者が恋を譲り合う、それだけの寸劇であったが、大変な評判になっているのを会が終わってから知った。何が受けたのだろうかと思い返してみる。バイオリンの男性を交えた三人が舞台に並ぶという、一風変わったものになったこと、船員の役を女性にしたことも、下手をすれば野暮ったいものになるテーマが、宝塚調の華やかな舞台になった。それに、上物の衣装やかつらが目を引いた。妹役が衣装に凝って、上物を町の知り合いから借りてきた。二人の芸者の日本髪は、慈が芝居用のかつらが気に入らず、美容院から花嫁用の本物を借りた。褄の持ちかたも知らない慈は、芸者というよりも花嫁のような雰囲気になった。その素人ぶりがかえって好感をもたれたようであった。その点、妹芸者は役が身にはまっていた。彼女は結核を患っていて、女学校を出たあと何年も家で療養生活をしていた。うっ屈した青春のはけ口を、そこにぶっつける意気込みで役に取り組んでいた。慈は彼女の心中を思い、稽古の過程ではみんなが笑い転げるやり方をしていたが、本番では彼女に応えるべく気合いを入れた。その気迫が観る人に伝わったようであった。

「下田夜曲」の好評と、もう一つ話題になっているものがあった。谷川先生の歌がよかったという。

「谷川先生が？」

慈が驚いて問い返す。

「青春日記というのを独唱しんさったの、素晴らしかったよ」

プログラムにない飛び入りで、うたったのだ。「下田夜曲」が終わって間もなくだったという。丁度その頃、慈は会場から少し離れた稽古場に借りていた家で、衣装を着替えたり、ついでに一休みしていた。「青春日記」をうたったということは、聞かせたい相手は、はっきりしている。その肝心の慈が聞きのがしてしまった。

演芸会のあと、しばらく逢っていない谷川に、手紙を書いて姪に持たせた。

私のところに
いらっしゃいませんか、
一緒にレコードでも
聞きましょう。

といった短い文面であった。姪が彼の返信を持って帰ってきた。

たった四行の手紙なんて、
生まれて初めて受取りました。
今は学期末で忙しく、
これが終り次第伺います。

お返しと言わぬばかりに、四行の短いものであった。

谷川は、三月の末になってやって来た。高台にある離れで、レコードを聞いたり雑談をして過ごした。彼の独唱を聞きのがしてしまったことを話した。

「なんだ聞いてくれなかったんですか」

がっかりした様子になり、不満そうであった。

夜になって、帰る彼を送って出た。雪がまだ残っている道を、慈は相手の背にやさしく手を当てて歩いた。空にリングの笠をつけた早春のおぼろ月が出ていて、仄かな明かりを投げかけていた。

四月になると、谷川は進学のために郷里を離れた。そのあと、慈も絵の勉強にと父を説得して京都の親戚に寄宿することにした。進学先の寮にいる谷川から手紙が届いた。本当は音楽の道に進みたかったが、兄が戦死したために家を継がなければならない。学校を終えたらまた郷里に帰って、教職につくしかないのだと書かれていた。

二人が再会したのは、四年程経ってからであった。初秋の頃、慈が帰郷すると、中学の文化祭があるというので、姪が誘うまま出かけて行った。青年団が演劇をした同じ舞台であった。中学の校舎が建つまでの臨時に、小学校と棟を分けて同じところにあった。

中学の新しい校歌が出来て、発表されるという。創ったのは谷川であることを、司会者の説明で知った。ブラス・バンドが並び、指揮棒を手にした谷川が現われると、慈は思わず目を見張った。体つきも一回り大きくなった堂どうとした体格で、すっかり「大人」の感じになっていた。この日は互いに遠くから視線を合わせただけで、言葉も交わさないまま帰ってきた。彼の見違えるような変わりように、とまどいと面映ゆさがあった。その後も帰省の折などに道で出会ったりしたが、簡単な挨拶を交わすだけで、以前のようなストレートな親しみに戻れない。

その日も、慈が自転車に乗って橋を通りかかると、前をのんびりした足どりで、町のメイン通りへ向かって行く男の後ろ姿が谷川であった。白っぽいズボンが、初夏のさわやかさを感じさせる。

「どこへいらっしゃるの」

後ろから声をかけると、彼は振り向いた。

「ああ、あんたか」

「映画？」

「いや」

それだけで慈が行き過ぎようとした。自転車が習いたてで、うまく徐行できないせいもあった。すると、後ろから谷川が声をかけた。

「まだ危なっかしいよ」

何日か前に、誰もいない放課後の運動場で練習していると、谷川がどこから見たのか運動場に出て来た。

「自転車の練習？」

「そう」

「へえ」

いい年をした今頃になって？　とでも思ったであろうが、その時は何も言わなかったものの、まだ上手に乗れない状況を知っている。

「なに言ってらっしゃるの、昨日これで豊岡まで行ってきたのよ」

「え？　ほんとうかなあ」

ゆるいカーブになった下りの坂道を、勢いよく下りながら、ふと、彼に用事を思い出してブレーキを踏んだ。慣れないもたついた止まりかたをして自転車から降りると、彼が近くなるのを待った。カーブのところに姿が見えてきた。こっちが待っているのが見えるのだから、少しは急いで来るかと思っていると、ゆったりした足どりを変えようとしない。大人になるとあんなふうになるのかと、苛ちながら思った。

「ねえ、ちょっとたずねたいことがあるの」

彼はなあに？　という表情をした。

「牧さんって知ってらっしゃる？」

「知ってる。中学で同じだったから」

「そう。フルネームはなんて言うの」

「さとる」

「あら、あなたと同じね。字は？」

「字も同じ。そうだ、彼があんたに会いたいようなことを言ってたなあ」

「そうだったの。ありがとう」

慈はまた自転車に乗って、彼の傍から走り去った。

家に帰ってくると、牧悟なる青年に連絡することにした。彼は田舎で絵を描いていて、慈に会いたいらしいと人伝てに聞いていた。昨日、自転車で行ってきた豊岡の親戚が、一昨年から出版社を始めていた、そこの雑誌にカットや挿絵を何点か描いていたが、牧が会いたいというのは、それを見た模様であった。用件だけの簡単な葉書きを書いて、出すことにした。


友人から、貴方様のことを伺いました。

同じ道を歩むせいでしょうか、未知のお方のようには思えません。

お目にかかりたいのですが、ご都合のよろしい日時をお知らせください。


折り返し返事が届いた。封書を手にしたとき、表書きの男らしい大きな文字とその達筆に、まず好感をもった。


旧知のようだとおっしゃってくださったことをお礼申します。

僕も同様の気持ちを抱いています。お会いしてみればなぜ早くと、今までにお会いする機会のなかったことを不思議に思わなければならないことでしょう。

貴女のお噂は二年程前に、誰か女の方から伺い、その後何も聞かず、最近、友人から貴女のご消息を聞き、是非お会いしてみたいものと思っておりました。

絵画という厄介な事を選んだ女の人ってどんな人なのだろうと、実は考えていた次第です。

貴女のご都合のよろしい時、お伺いさせて頂きたいと存じます。日時と場所をご指定下さい。

昼は薄農の一人として、それでも毎日働いておりますが、夜は勤労精神というものから解放されます。

今では同じバスに乗っていても、貴女を僕は知らないでしょうが、このようにして生涯の長い友情が生まれ得たならば、素晴らしいであろうと存じます。

ご返事まで

七月八日　　　　　　　　　　　　　牧　悟

誠実な人柄がしのばれるゆき届いた手紙の文面に、慈は心を打たれた。意外であったのは、彼が農作業をしていることであった。人伝てに聞いて最近知ったのであったが、彼の家はこの地方では周知の旧家で、父親はここに住む者なら誰でも知っている公職についていた。そういう家庭の子息が、戦後の農地改革によるのであろうが、毎日田畑に出ているらしいのに感心させられた。昔は地主であった慈の家も、家族が相次いで三人も長患いの末に亡くなるという不幸続きと、父のお人好しによる他人の借金の保証倒れで、土地を失い零落した。そのくせプライドだけは持ち続けている父親の影響か、慈は鎌一つ持ったことがなかった。

日にちを決めて、時間は、昼間働いている相手の都合を考えて夕刻にした。場所は喫茶店もない田舎のことで、どこがよかろうかと思いめぐらした。彼のところまでどれくらいあるのか正確には分からないが、かなりの距離があることは知っている。そのために、なるべく相手寄りの場所がよかろうと、学校の運動場にした。顔を知らない者同士が会うには、人気のない広い場所ならすぐそれと分かるはずで、探すこともいらない。広すぎると、どういう不都合が生じるか、そこまでは考えてもみなかった。

約束の時間より少し早めに着いた慈は、運動場をひとわたり見回した。先生と思われる年格好の若者が数人でボール投げをしていた。牧の外見を知らなくても、その中に彼が居ないことはなんとなく分かる気がした。運動場の隅っこにブランコがあるのを、そこに腰かけて待つことにした。若者たちは間もなく帰った模様で居なくなって、広いところに慈が一人になった。ブランコのロープを握っている両腕をのばして、後ろにのけぞりながら空を仰いだ。今日も一日暑かった夏の太陽が前方の山に落ちかかろうとして、雲を真赤に染めていた。天然の芸術に見とれるうちに、いつの間にかブランコの台に立ち上がって、小さく揺すっていた。次第に大きく揺らすと面白くなってきて、思いきり飛ばしてみた。遂に百八十度の近くまでになってくると、実に爽快であった。ブランコを楽しみながら、もう牧が現れるはずだと思い、正面の道路に注意していた。すると、自転車に乗った男が下手から現れた。自転車から降りて運動場に入ってきた。牧かも知れないと思いながら見守っていると、男はこっちへは来ないで、道路脇に並んでいる懸垂用の鉄棒にぶら下がった。片足をかけたり、一回転したりの運動をしている。牧にしては変だな、と思いながらなおも見守っていると、そのうち男はまた自転車に乗って上手に去って行った。牧ではなかったらしいと思っていると、今度は上手からやはり自転車の男が現れた。見ていると彼もまた自転車を並木に立てかけてから、運動場に入ってきた。さきほどの男性と同じように鉄棒にぶら下がる。逆上がりなど、ひとしきり運動してからやがて道路に戻り、下手に去って行く。この辺の男たちは懸垂をするのが習慣にでもなっているのだろうかと、不思議な気がした。約束の時間はだいぶ過ぎてきた。何かの都合で遅れているのであろうが、必ず来ると考えた。誠実な人柄は手紙で分かっている。

三人めが現れた。やはり自転車である。時間的にも今度こそ牧に違いないと目を凝らしていると、またもや鉄棒にぶら下がる。牧なら、なぜまっすぐこっちに来ないのだろう。広場を挟んで対面の端と端であるために、顔は勿論のこと、年恰好もはっきりとは見えなかったが、女が一人でここにいるのは向こうから分かるはずである。変だな、と思っていると相手は自転車をひいてこっちにやってきた。夕闇があたりを包み始めていて、近づいて来ても顔が見えなくなっていた。初対面のときは、顔かたちや人相の雰囲気を見ることで判断の助けになるのに、それが見えないとなると勘で探るしかない。年は二十三と聞いている牧の、ほぼ同年配であろうか。男はブランコの近くまで来ると、こっちを見るような見ないような素振りをしながら、そのまま通り過ぎて裏道へ行きかかる。それからまた思い直すふうに引き返してきた。

「ちょっと尋ねたいのですが」

「はい」

「この辺で女の人を見かけませんでしたか?」

女に向かって女を見なかったか、とは妙な問いである。慈は男っぽい身なりをしているわけではない。襟もとにギャザーのついた白いノースリーブのブラウスに、スカートはブルーの線が斜めに入った縞模様で、裾に大きめのフリルがついている。男に見えるはずはない。

「女の人って――」

慈は返事に困りながら聞いた。

「あなた牧さんではありませんか」

「ああ、あなたでしたか」

急いで、慈は地面に降りようとするのであるが、大きく弾みのついたブランコはすぐには止まってくれない。

「あ！　危ないですよ」

牧が急いで片方の鉄柱をつかんだ。乗っていた当人は全く気付かずにいたが、片方の鉄柱がぐらぐらにゆるんで倒れそうになっている。間一髪のところで、あられもない姿になって地面に転げ落ちるところであったのを、牧が両手で柱を支えてくれて、辛うじて無事に地面に降り立つことができた。

向かい合って立つと、牧が説明した。鉄棒のところから何度見直してみても、十六、七の少女に見えたと言うのである。彼より四つ年上であることは友人から聞いているであろうし、このあたりの女性で二十七にもなれば、子供の一人や二人も抱えて、れっきとした大人である。ブランコを一回転しそうなほど乗りまくっていたのを、少女と見誤ったのは当然であったかも知れない。それにしても、十才も若く子供に見られて笑ってしまったが、実はこのとき、相手を笑えるどころではなかった。彼の前に二人の男が通ったのを、それぞれ三人が別人と思い込んでいたが、牧が往ったり来たりしながら、こっちをたしかめていたのだと気が付いたのは、なんとそれから何年も経ってからであった。

牧は礼儀正しい様子で、自己紹介しますと言って、女の人に誤解されやすいたちのようです、と言った。話している間にも夕闇がますます濃くなって、初めて会ったというのに、相手の何も見えないのが妙な感じであった。そこから土手道へ上がることにして、二人は並んで歩き出した。時折り肩が触れ合うと、慈は未だかつて経験したことのない奇妙な感覚を覚えた。手紙によってすでに親しみを感じているせいであろうか、いや、それだけではない、何か遠い前世でつながりのあった者同士がようやく逢えたかのような不思議な感動である。それでいて、まだ相手の顔が分からないでいることに、奇妙な不安ともどかしさを伴う。それとも、容姿といった付随物が除外されているために、かえって神経が研ぎ澄まされて、外見を超えた心と心の響きを、互いに感じ合っているのであろうか。

土手道へ上がると、すっかり暮れてしまった闇の中に、夥しい数の蛍の群が、つかみ捕りできる近さに乱舞していた。二人は道端の草むらに座った。人通りはほとんど無い場所で、前を流れる川の水音だけが聞こえてくる。牧は寡黙なたちとみえて、嫁いだ姉と年の離れた妹がいるといった姉妹のことなどを、言葉少なに話しただけであった。慈もまた、それに輪をかけた無口な話べたである。話すことが無いというよりも、その必要がなかった。共にいるだけで思いが通い合う、満たされた時がそこにあった。

別れるときに、牧がこの次に逢う日時を決めた。逢う場所は同じ運動場である。

その日、慈は今日こそ相手の顔を見ることができるであろうし、見たいと思った。ところがこの日は慈が遅刻してしまって、きわどいところで、容赦のない自然の厳しさが、さっと一刷毛もやのような薄墨を流した。

「今日はあなたが遅れて来られるだろうと思っていました」

牧が言って、微笑んだのがかすかに分かっただけである。前回と同じように、土手の草むらに並んで座った。牧は飴を持ってきていて、すすめてくれた。口にほおばると、複雑な味がした。

「複雑な味ですね」

慈が言うと、牧はなぜか笑った。あとはまた沈黙の時が流れた。慈はふっと、まるで無言の行でもしているみたいだという気がしておかしくなった。

三度めに逢ったとき、微妙なタッチの差でまたもや宵闇が二人の間に立ち塞がり邪魔をした。まるで何者かに意地悪をされているような気さえした。夕闇というのは、刻一刻、一秒毎に暗くなっていくのを知らされた。顔は、もうどうでもいいという気になった。気持ちは逢うたびに深まっていて、容貌がどうであれ、それによって左右されない確信になっていた。外見によって揺らぐものではないが、牧の手紙に、同じバスに乗っていても、あなたを僕は知らないでしょうが、このようにして――、と書かれていたのを思うとき、一度ならず何度も逢って、気持ちは強く結ばれつつあるのに、どこかですれ違っても未だに分からないであろうことが、心もとない気がかりではあった。

暮れていく道を散策しているとき、慈が愚かしい問いをした。

「あなたの貴重な時間を、私が邪魔をしていないでしょうか」

昼は外仕事で働き、夜の描く時間を割いて来てくれることを思いやった。

「そんなことはありません。この時こそが本当に生きた時間と言えるでしょう」

愚問を、賢明な応えでカバーしてくれた。

「この月が満ちる頃に、僕のところに来てください。途中で道端に咲いた月見草の花がとてもきれいなんです」

牧は、半欠けの月を仰ぎながら言った。

彼の家へ行く日になった。自転車で行くことにした。気まぐれに、ふっと思いついて練習した自転車が、まるでこの日のためであったかのような具合いになった。きれいだと聞いた月見草の花は、あいにくの闇で見ることはできなかったが、それはどうでもいいと思うほど、初めて明かりの中で顔を合わせることに気をとられていた。普通なら、顔や外見を知ってから、つき合いが深まっていくのに、その逆になっている。気持ちの上での信頼はあっても、平静でいられるほど達観できる大人でもない。牧の家の近くで待ち合わせることになっていて、その場所に来ると彼の姿がない。しばらくして慈が来た方角から現れた。迎えに行ってくれていたという。相手のやさしさが忍ばれ、心を打たれた。どこですれ違ったものか、互いに気付かなかったほどひどい闇であった。

案内されて牧の家まで来ると、庭先で立ち止まった。牧の部屋は母屋の向こうにある離れだと言い、庭を通って行くようになっている。家族への挨拶をどうするかで、足を止めたのであった。本来なら挨拶をするのが自然であろう。慈は分かってはいたが、恋をしている女の羞恥心がためらっていた。

「どうしましょう」

牧の意見を訊いた。彼もちょっと考える様子であったが、同じことを思っているのが分かった。

「しなくていいでしょう」

素通りすることにした。庭を横切って、部屋に入った。電灯がこんなにも明るいものであったかと、改めて思うほど眩しく感じられた。暗がりでいたずらをしていた子供が、突然、灯りの中に引き出されたような面映ゆさがあった。椅子に掛けたものの、すぐには彼を見ることができなくて、室内を見回した。テーブルの上の大きな花瓶に花ばながいっぱい挿してあって、その美しさは彼の気持ちそのもののように伝わってくる。旧家のせいか、古書のような書籍が本棚にうず高く積まれている。壁に掛かっている絵は、六号大の油彩であった。近景に赤く熟しきった柿の実が幾つか残っていて、その向こうに刈り取られた後の広い田畑が拡がり、遠くには紅葉した山やまが連なる晩秋の風景であった。

「この風景画、いいですね」

「去年、描いたものです」

言葉を交わしながらも、慈は牧の方を振り向こうとせず、彼もまた部屋の中を行ったり来たりして、やたら動き回り、冷たい呑みものをつくってくれたりしている。落ち着いて相手を見ることができたのは、しばらく経ってからである。テーブルを挟んだ向かいの椅子に彼は足を組んで、その膝の上にスケッチブックを開いている時であった。外仕事をしているとは思えないほど色が白くて、整った優しい顔だちであった。こっちも初めて見られたのだと思うと、どう映ったのか気にならないでもない。この日の身なりは、胸にコバルトブルーの太い線が二本入った黒のワンピースに、洗い髪を白いヘアネットでアップにかき上げていた。十六、七の少女から、一気に大人びていたはずである。

隣室は、牧が建て増したというアトリエになっていた。そこに入って作品を見せてくれた。水彩やデッサンもあって、風景が多いが人物もある。嫁いだ姉だという、椅子にかけた和服姿の肖像は、彼の繊細な神経と鋭さが伺われる作品であった。油彩を描くとき、慈は筆よりもペインティングナイフの方が性に合っていた。熱中するとナイフも放り出して手で描いていて、気がつくと両手がカラフルな油まみれになっている。そんなことを話し合っているとき、母屋の方で雨戸を閉める物音がした。

「悟さん」

母親と思われる人の声であった。

「はあい」

牧は返事をして、縁側に出て行った。

「自転車がないけど、どうしんさったの」

牧はなぜか黙っている。

「あとで家の中に入れときなさいね」

彼はそれにも返事をしないでいる。部屋に戻ってきた。

「なんでしたの？」

「いや、なんでもありません」

牧の自転車は、慈のと一緒に倉の横手に立てかけてある。あとで分かったが、彼は送ってくれるためにしまわずにいたのであった。

　夜も更けてきて、慈は帰る時間になった。牧は送ってくれると言い、彼が戸閉まりをする間、軒下に立って待っていた。一寸先も見えない暗さであった。母屋の家族も寝静まった様子で、なんの物音もしない。牧が出て来た。音をたてないようにと、互いに暗黙の了解をした。

「ここは石段ですから」

　牧が耳もとで囁いたのと、一瞬早く慈は踏み外してしまった。重心を失って転びそうになったのを、とっさに牧の腕につかまって辛うじて支えた。すると、その手を牧の手がとらえた。温かい手であった。強く握りしめてくる。互いに固く結び合った。慈は体に火がついたように、熱く燃え上がってくるのを感じた。歩いている足が急にふわっと宙に浮いて、空間を翔んでいるような感覚になってきた。このまま、どこまでも翔び続けたいと希った。

　会話の少ない二人が、この日は更に黙もくと歩き続けていた。豊岡の親戚に雑誌の用もあって、ひと夏を生家で過ごしてきたが、明日は京都に帰らなければならない、最後のデートであった。別れの辛さが重くのしかかって、いつもなら引き返す地点であるのに、そこを越えてどこまでも歩いていた。この先、いつまた逢えるのか、これからどうするのか、どちらもいっさい触れなかった。歩き続けて、遂に突堤に来てしまった。

「座りましょうか」

慈が言って草むらに腰を下ろそうとしたとき、牧が「これに」と言いながら、手拭いを草の上に拡げた。ありがとう、と、すんなりそこへ座ればよかったものを、とっさに「いえ、私はこれに」と言いつつポケットからハンカチを出した。出してから、「しまった！」と思ったがすでに遅く、またポケットに入れるわけにもいかなかった。牧が拡げた手拭いに並べてハンカチを敷き、そこに腰を下ろして、牧は手拭いの半分に座った。二人の間には、二十センチほどの隙間ができた。そのわずかな空間が、まるで鉄の扉であるかのような圧迫になろうとは。今迄のデートも二人が座るときは、常に二、三十センチ離れて座った。それが気になったことはない。今回はなぜ気になるのか、この前、二人が手を結び合ったことで、微妙な変化が生じていた。肩がほんの少しでも触れ合うか、袖と袖がかすかに触れるだけでも、心は安まるはずであった。牧はこれ迄、手拭いを出して拡げるといった行為をしたことはなかった。それは、慈が感じている微妙な気持ちの変化を、牧も同じように感じていて、とった行為である。それをなぜ、ハンカチを出すという愚かしいことをしたのか。遠慮するくせもあるが、恥ずかしさが先にたったような気がする。ほんの少し牧の方へ体をずらせれば、取り除ける空間であるのに、それをすることもできず、慈は己を責め続けた。

その時であった、思いがけない異変が起きた。真っ暗な視界に、突然、向かいの山から地面に向かって、一条の光りが走った。それは、一刀のもとに空間を切り裂いたような、瞬時の出来事であった。最初は何が起きたのか分からないほど、意表を衝かれた。明暗をくっきりと分けたまま、「明」の部分が少しずつ拡がっていく。真向かいの山の頂きから、月が昇りかかっているのである。目を奪われた状態で見守るなかを、月はやがて全身を現した。愕くばかりに大きくて、オレンジがかった赤い色の満月であった。月が全身を現すと同時に、明暗を分けていた「闇」の部分がなくなって、下界の全てが明りの中に浮かび上がってきた。それは、この世のものとは思えないような眺めであった。遠くに連なる山やまの中腹にたなびく霞、モザイクを並べたかに見える町の家いえの屋根と、エメラルドを散りばめたようにきらめく灯り。二人が座っている周りを見ると、月の光を浴びていっせいに咲きだしたのであろうか、黄色い月見草の花園であった。夢の世界に座っているような光景に、どちらも声さえ出ないありさまで、天然の芸術に酔いしれていた。

月が中天にさしかかる頃になって、二人はようやく現実に戻り、道を引き返した。月影を踏んで、黙もくと運ぶ足が重い。いつもの別れ道である橋のたもとに来た。二人は立ち止まって、しばらく佇んでいた。

「それでは」

牧が言って、握手の手をさしのべた。慈はほほ笑んで、両手をうしろに隠した。牧も笑みを浮かべながらたずねた。

「なぜ?」

「握手なんていやですわ、なんだか永遠のお別れみたいですもの」

そんな形式的なことをするぐらいなら、いっそ何もしない方がいいと思った。

「どうも変ですね」

彼はちょっと困ったような思いまどう様子であったが、やがて意を決したように、

「では、お元気で」

と言って、遠ざかって行った。

京都に戻ってきてからの慈は、まるで魂をどこかに置き忘れてきたかのような抜け殻になっていた。夕方になると、空に月はないかと探し求める。半欠けの月を見ると、早く満月にならないかと希いながら祈る。街が寝静まった真夜中、空に満月が出てくると、牧に逢えたかのような歓喜が湧き上がってきて、何時間も眺めて飽きることがなかった。

別れてから、またたく間に一カ月が過ぎていった。牧に手紙を書かなければと思いながら、書きたいことがあり過ぎて書けなかった。住所さえ知らせていない先方に、こっちから出さないかぎり向こうからくるはずもない。秋の気配が日毎に濃くなっていく頃、慈はようやく短い手紙を出した。折り返し、牧から返事が届いた。

今年の秋は僕の心の内に駈け足でやってきたようです。

樹木の肌が秋の雨に濡れて、白く鈍く光っているような淋しさが心の中に充満し、木立の沈黙の静けさが貫いていいます。

お別れして一週間め頃から、毎日お便りを待っていました。こないとは少しも思いませんでした。ここ三週間めになると、その気持ちが少しゆらぎ出して、一カ月を過ぎると、すっかりもうこないだろうと諦めました。お別れした時の子供っぽい仕ぐさ、その時、僕がどうも変だと申しましたように、身にそぐわないお別れのしかたが、その当座は気にもなり、後悔もしましたが、あれでよかったと、次第に、あなたもおっしゃるように、僕にも夢のような、かえって美しい想い出になってきました。

が、夢のように消えるものではありません、毎日想い出します。特に月が満ちはじめ、満月に近づくと共に、はっきり浮かび上がるものでした。

お便りはこなかったが、僕はこう思っていました、あなたが本当に幸福だったら、僕のことは思い出されないでしょうが、心のどこかに満たされない空虚があるときなら、必ずそのうちにあらわれるだろう、それでいい、それでいい。あなたからお便りのないかぎり、あなたは幸せなのだと思うことにしたのでした。また、そうであってほしいと思うのです。しかし頂いたお手紙を拝見すると、今までのあなたのお気持ちは決して幸せではなかったことを感ぜざるを得ません。なぜだろうか、僕にも女としてのあなたのお気持ちが僕なりにわかるようです。もっと元気を出してほしいし、希望をもってほしい。現在のあなたの心にとって、上滑りな美辞麗句の類であることを承知の上ででも言いたい気持ちです。

夜が大分長くなってまいりました、近頃は描くことに熱中しています。努力だけが僕を孤独からもニヒルからもすくいあげてくれると思っています。

秋祭りも近づいてまいりましたが、同時に多忙な時期もまいります。力いっぱい働くことはやはりいいことです。

ではまたペンをとることにして。

お元気で。いつかはまたお目にかかることが出来るものと信じております。

九月二十一日　悟

駈け足でやってきたと牧が書いた秋は、あっという間に年の瀬を運んできた。正月を家族のもとで迎えるために、慈は大晦日に帰ってきた。元旦だけいて、二日には京都へ発つことにしていたので、牧に逢う予定はしていなかった。ところが、バスが町に着いて古里の地に降りたってみると、夏の日の出来事が強烈に甦ってきて、逢いたい気持ちでどうにもならなくなってきた。逢うなら今日しかない、連絡するゆとりはなかった。電話をする方法はあったが、初めに受話器をとるのはたぶん家族である、それを考えると電話もためらわれた。直接出かけて行くしかない。

夕食を済ませ、風呂にも入ってから身軽な様子で家を出た。人家がとぎれたあたりから、急に雪が深くなってきた。町のなかや町続きにある慈の家のあたりは道幅を広く除雪がしてあって、歩くのになんのさしさわりもなかった。牧のところへの道も同じような感覚で、帰ってきた時のままに中ヒールの革靴を穿いて出て来た。除雪の幅がしだいに細くなって、遂には人が通った足跡だけになった。それでも雪が凍てついているのが幸いで、なんとか歩くことができた。思ってもみなかった意外な状況が待ち受けているのを知ったのは、家を出てからかなりの道のりを来た頃であった。通る者が一人としていない。京都あたりの街の大晦日といえば、夜遅くまで賑うのであろうが、まだ宵の口であるのに、田舎というところはぴたっと人通りが途絶えていた。それに、外灯一つない視界は野も山も雪に覆われた白一色の世界であり、雪あかりで足もとが辛うじて分かるありさまであった。先へ進むにつれて、ますます心細くなってきた。引き返そうかと何度も思ってみる、立ち止まって、来た道を振り返ってみた。町の灯が遙か遠くになっていて、引き返すのも怖い気がする。前に進むしかなかった、この道を行けば牧に逢えるのだという希望だけを頼みにした。

大分長い距離を歩いたと思う頃、前方に灯が一つ見えてきた。あそこまで行けば人家がある、と、その灯りを目当てに元気を出そうとした。ところが、歩いても歩いても灯りが近くならないのであった。彼のところまで正確には八キロあることも、この時の慈は知らずにいた。夏に、自転車で行ったときはさほど遠いとは感じなかった。夏の自転車と、雪道の徒歩が、どれほど違うものかも考えず、認識もしないままに出て来た。前方に見える明かりが狐火ではないだろうかと本気で疑ったほど、不安を感じた。この遠い道を、牧は何度も通ってくれたのかと改めて思いやった。

何時間かかったのか、ようやく灯りに辿り着いた。牧が住む集落であるらしい。やれやれと思ったが、さて、今度は彼の家がどのあたりであったのか見当がつかない。夏のときは近くで落ち合ってから、あとは牧に従って歩いていたために、道順などおよそ意に介していなかった。こんなことなら、よく覚えておけばよかったと後悔しても遅い。この辺であったかと思うあたりを行ったり来たりしてみたが、迷路に迷い込んだかのように見当たらない。道を通る人に聞いてみようと見回してみても、通る人影さえない。家いえは雨戸を堅く閉ざして、まるでゴーストタウンのような、とりつくしまもない雰囲気であった。そんな中に一軒だけ、まだ雨戸を閉めていない、明かりの洩れている家をみつけた。そこで尋ねるしかない。

「ごめんください」

声をかけて、玄関の戸を細めに開けた。見ると男ばかり五、六人が囲炉裏を囲んで話し合っている。大晦日のために何かの寄り合をしている様子だった。

「ちょっとお尋ねします」

「はい」

なかの一人が戸口まで立ってきた。

「牧さんのお宅はどの辺になるのでしょうか」

「ああ、牧さんのお宅ですか」

男は戸の外に出てきて、丁寧に説明してくれる。そこへ、もう一人が懐中電灯を手にして立ってきた。尋ねる先が牧家と知って関心を持ったのだろうか、懐中電灯を持ってくるとはまずい、と慈は内心で慌てた。男は無神経にも、こっちの全身を照らし出した。この雪道を、薄いストッキングに中ヒールの革靴という身なりは、土地の者でないことを一目で見てとったに違いない。困ったことになったと思ったが、どうすることもできなかった。

やっとの思いで牧の家に辿り着いた。見憶えのあるアトリエの大きな窓に、夏の日が甦える。窓のガラス越しに中を見ると、アトリエのドアが半開きになっていて、奥の和室にスタンドの灯りがついていた。物音もなく、人の居る気配がなかった。彼は年越しの晩を母屋で家族と過ごしているに違いない、と思い込んだ。ここまで来て逢えないのかと考えると、急に全身から力が抜けていくような気がした。窓に凭れて、しばらく空を仰いでいた。月はないが星が満天に輝いていて、素晴らしい眺めが心を慰めてくれる。逢えないなら帰るしかない。がっくり気落ちしながら帰りかけたのを、踵を返した。来たことだけでも知らせたいと、また窓の下に戻った。ガラスに紅文字を書こうとして、中が真っ暗になっているのに気付いた。牧は居たのであった。窓をそっとたたいてみると、返事がない。少し強くたたいた。

「だあれ」

牧の声がした。黙っていると、気付いたようであった。

「慈さんですか」

「はい」

「ちょっと待っていてください、すぐに戸を開けますから」

布団に入っていたのを起き出して、身繕いしている気配が伝わってくる。慈の体に異変が起きたのは、屋内に入ってからであった。突然、激しい悪寒に襲われて体がふるえだし、止まらなくなった。

「電気を消してください」

やっとそれだけ言って、コートも来たまま畳にうずくまってしまった。牧が何か話しかけたが聞くゆとりもなければ、返事をしようにも、あごにゼンマイ仕掛けのスイッチでも入ったかのように、上下の歯が、がくがくと動きだして止めることができなくなった。

「あなたが来てくださるような気がしていました」と言ったのを、辛うじて聞き取った。

電灯を消した暗がりのために、牧はしばらくの間慈の体に何が起きたのか分からずにいた。異状に気付くと、夜具の中に入って暖まるようにと言う。火鉢の火は消えている、温まるにはそこしかなかった。慈がためらっていると、こんな状況のときにためらうのは変だと言った。コートだけ脱いで、服のまま入った。彼のぬくもりが残っていて、救われるような温かさであった。上布団を顔の上まですっぽりかぶって目を閉じ、歯をくいしばっていると、機械のゼンマイが少しずつゆるんで、快よい飽和状態になっていくのを感じた。体が温まってくるにつれて、今度は睡魔が襲ってきた。いつ眠ったのか、どれくらい経ったのかも分からない。そっとやさしく頬ずりをされている感触があって、ふと意識が半ば戻ってきた。体を、服の上から誰かがしっかり抱きしめて温めてくれている。どこか遠くから除夜の鐘の音が聞こえてくるのは、夢をみているのであろうか。

牧に出した手紙の返信は、いつもなら折り返しすぐに届くのに、今回はなぜか遅れている。どうしたのだろうと思っていると、封筒の中に二通入った手紙が届いた。大晦日の晩に、道を尋ねた人がいたのはお客さんでしたか、と村人が母に尋ね、母が心配している様子だと書かれ、もう一通は、母が村人の件を父に伝えたことから、ちょっとめんどうなことになった。細かいいきさつは省きますが、あなたと絶交しなければならなくなった、と結んであった。先の日付けの手紙を出そうとするところへ、状況が急変したようだった。いきさつは省くとあるが、およその推察はできた。家柄や世間態を重くみる郷里の封建的な風習は、慈が他所へ出たくなる原因の一つにもなっている。

牧を忘れようとする日々になった。一夏の儚ない夢を見たのだと、考えることにつとめようとした。春が過ぎて、再び夏が巡ってこようとしていた。すると、絶望にひしがれていた胸に、あの雪の広野で見た灯りのように、ぽつんと一つ小さな希望の灯が見えてきた。大晦日の晩に別れるとき、牧が「この次、いつ帰ってきます? 盆に帰ってきなさいよ」と言った。「ええ、そうします」彼の腕の中で約束した。その後、事態は変わったものの、盆に牧がそれとなく待っているのが分かってきた。場所はどこだろうか、勘に狂いがなければ盆踊りの会場である。古里は、昔出石城があった城下町である。その名残りが残っていて、盆になると優雅な踊りが盛大に三日間続けられる。初日の十四日に慈は京都から帰ってくると、踊りの会場である、町のメイン広場に出かけて行った。大変な人混みをかき分けながら、牧の姿を求めて探し回ったが見つからなかった。十五日も出会えないまま終わった。三日めの最終日は仮装踊りがあるというので、父のゆかたで男に変装して、踊りながら探すことにした。小学五年生になっている姪が、慈の男装を面白がって付いてきた。踊りの輪に入って間もなく、横で踊っている姪が、内側の輪に谷川が居ることを知らせた。内と外が逆回りになっていて、一巡する毎に双方が出会えるようになっている。顔をほおかむりでほとんど隠している慈は、男物のゆかたに黒い兵古帯をして、一見、男に見えるはずであった。谷川が傍に来たとき、どのようにして驚ろかしてやろうかと思っていると、こっちに気付いていない彼は、輪から抜け出して帰るつもりなのか、見物の人群れに入って行こうとしている。その後ろから、谷川のゆかたの肩に手を触れた。振り向いた彼はこっちを見たが、気付くのに何秒か、かかった。

「なんだ、あんたか」

と、笑顔になった。慈はそのまま踊りを続けていて、谷川も人の波に消えていった。そのあと遅くまで踊って牧を探したが、結局は逢えずじまいに終わった。

翌日であった、牧に逢えなかった気落ちと、遅くまで踊っていた体の疲れとで、昼近くなっても床から起き出せずにいた。その枕元に、さっきから姪が来て何やらねだっている。

「ねえ、起きてよう」

学校へピアノのレッスンに行くのを、一緒に来てほしいとごねているのであった。中学に在るグランド・ピアノを借りるには、鍵を持っている谷川の許可をもらわなければならない。姉ちゃんから、先生に頼んでほしいと言うのであった。

「自分で頼めばいいでしょう、それに夏休みなんだから、先生は学校に来ていないでしょう」

「いつも来とんさるよ」

「来て何をしておられるの」

「職員室でほかの先生と話したり、ピアノ弾いたりしとんさる」

「そうなの、じゃ一人で行ってきなさい」

「いやだあ」

姪は誰かに似て頑固なところがあった。ようやく慈は床から起きだした。

学校の門を入ると、姪は中学校の職員室を覗きに行って、谷川が来ていることをたしかめてから、自分の席がある小学校舎の教室に案内した。姪は教室に入るや否や、黒板に突進して落書きを始めた。慈は教員の席に腰掛けて机の上の本立てを、読むものはないかと物色した。興味を引くものはなにもない、椅子の背に凭れて目を閉じた。二階のせいか、涼しい風が開け放してある窓から吹き込んできて快よい。人けのない校舎は、がらんとしたもぬけの殻の虚しさと、地球の自転が聞こえてきそうなほどの静けさであった。どこかに製材所があるのか、板を切るらしい電動ノコギリの金属音が時折り聞こえてくるのが妙に眠気を誘って、うとうとしていると姪の声に覚まされた。

「おねえちゃあん」

いつの間に出て行ったのか、どこか遠くから呼んでいる。窓から覗いてみると、広場を挟んだ中学の校舎から体をのりだしている。

「どうしたの」

「今ねえ、音楽室に谷川先生が来とんさるの。ピアノのこと頼んでえ」

「自分で言えばいいでしょう」

「だって、今、高校生の人が使っとんさるもん」

渡り廊下を通って、音楽室に行ってみた。高校の制服を着た女生徒が、二人で連弾していた。谷川は、と見ると窓際に机を寄せ合わせて、その上に寝そべっている。彼も昨夜踊って、疲れているのであろう。

「あとで、この子にも使わせてやってね」

女子高生に頼んでおいて、谷川には声もかけず、そのまま引き返した。渡り廊下まで来ると、後ろから姪がばたばたと騒々しい音をたてながら走ってきた。

「ねえちゃーん！　大変たいへん、谷川先生が今、ねえちゃんの方にきんさるよ」

早や口にそれだけ注進すると、また走って駈けて行った。大変たいへんなんて、あの慌てようは何だ？　そのとき、意外なことに気がついた。牧とのことは勿論なにも知らない姪は、昨夜、慈が谷川と出会いながらすぐに別れてしまったのがもの足りなくて、もう一度二人を逢わせるために、学校に誘い出したのであろうか。すると、わずか十一歳のおしゃまな少女に謀られたということか？

後ろにスリッパの音を聞きながら、慈はわざと振り向きもしなかった。曲がり角に来たところで、彼はこっちがどこへ行こうとしているのか知らないのだと思い、ちょっと振り向いた。

「五年生の教室にいるの、わりあい涼しいわよ、いらっしゃい」

芝居のせりふを棒読みしているような、素っ気ない言いかたになった。

「五年生って――」

「この上、二階なの」

階段を昇りきったところで、谷川が真下に来た。

「夕べ私の男装、よく似合ったでしょう」

「最初は誰か分からなかった」

二人は上と下から、初めて笑顔を交わし合った。教室に入ると、慈はまるでそこが自分の席であるかのように教員の席に戻り、谷川は中ほどの机の上に腰掛けた。落ち着いて、くつろいだ状態で顔を合わせるのは、五年前に慈の家で逢って以来のことになる。改めて真近に見ると、あの頃の少年の面影はどこにもなくて、日本人離れした彫りの深い顔は、日焼けして清悍な感じになり、強い曲毛は無雑作にかき上げ、がっしりした逞しい体つきは圧倒されそうな「おとな」であった。

雑談するうちに、谷川の話に牧の名が出てきた。昨夜、牧は彼と一緒に踊っていたというのである。

「僕が帰るちょっと前だったかな、彼が帰ったのは」

牧があの会場に来ていたということは、慈の勘に狂いはなかったのだ。それなのに、わずかな時間の差で行き違いになっていた。残念で、地団駄を踏む気持ちであった。一緒に踊っていたというのは、二人は、かなり親しいのか。

「あなた、牧さんとは親しいの？」

「親友といえるかも知れない」

「そうだったの、じゃ私のことも」

「ちょっと聞いた」

「絶交したことも――」

「知ってる。あんたのことは彼もあまり話したがらないから詳しいことは知らないけど、おやじさんとの間で何かあったらしい。逢いたい？」

と聞く。

「そうね、逢いたいけど向こうが逢わないと思うわ」

谷川はしばらく考えるふうであった。

「そんなこともないと思うよ。なんだったら僕が連絡してあげようか」

飛びつきたいほどありがたい。それを、なぜかやせ我慢した。

「ありがとう。でも、もういいの」

牧の話はそれだけで、うちきりになった。

「あなたは女子高生たちの憧れの的なんですってね」

「そんなことないよ、子供なんか興味ないねえ。しかし誰がそんなことをあんたに報告するのかなあ」

「私には確かな情報源がありますからね」

彼は気がついた。

「あのチビちゃんが？　もうそんなことを言うようになったの」

以前は幼稚園児だった姪も、現在では二人を逢わせる工作までやってのけるというおませな少女になっている。そういえば、間のびしたピアノの音が、かすかに聞こえてくるのは、どうやら姪が弾いているらしい。谷川は両手を上にのばして、腰かけたままの背のびをした。

「あーあ、退屈だなあ。牧君と三人で海か山へでも行きたいなあ」

彼も牧と同じように「家を継ぐ」ために田舎暮らしを余儀なくされて、退屈をかこっているようであった。海か山へ三人で、と言ったのが妙にひっかかった。三人で？　慈には考えられない発想である。あり得ないことであるが、ふと、その光景を思い浮かべていた。汽車に乗って、三人で旅行する。彼等に食べさせる果物の皮をむく。二人への対しかたが、同じというわけにいくのだろうか。どっちがたいせつなのか？　この二人は正反対の面をもっている。牧を冷静な湖水であるとするなら、谷川は荒れ狂う怒涛の海の情熱を秘めている——。どこかへ行くなど、あり得ない想像はすぐに打ち消したが、三人で、と言った谷川の口ぶりから、牧との間に体のつながりまであるとは、彼は思ってもいないらしいことが分かった。

西に傾いた陽が、教室の窓ガラスを金色に染めていた。

「ねえ」

谷川が呼んだ。いつの間にか机を寄せ合わせた上に腹這いになって、両手で頬杖をついている。その顔が、いたずらっぽいほほ笑みを浮かべていた。

「なあに」

「あんたを一度ひどい目に遭わせてやりたい」

「ばかなこと言わないで」

「ほら赤くなった」

そう言う彼自身も赤くなっている。

「そんな不良みたいなことを言う人嫌いよ。年上をからかうなんてわるい人ね」

もう帰ります、と言いながら椅子から立っていた。渡り廊下を一緒に来て、出口で靴を穿いている慈に、谷川が後ろからささやいた。

「今夜僕の家に来て」

慈は年長の落ち着きをよそおって、わざと返事もしなかったが、うっかり姪を置き忘れて帰りかけていた。

牧と、わずかな時間の差で行き違いになったことが、残念でならなかった。夕涼みに外に出ると、足は想い出の土手道へ向かう。去年と同じ暗闇の夜であった。

「牧さあん」

思いきり叫んでみても、虚しいこだまが闇に散っていくだけである。帰り道の橋にさしかかると、黒い人影が欄干に凭れて涼んでいる。顔も見えない暗さであった。なんとなく谷川のような気がした。

「悟さん？」

「そう」

近くに寄ってみると、上半身が裸である。

「どうしたのそんな格好して、風邪ひくじゃないの」

この地方は盆を過ぎると、俄かに秋の気配が漂う。橋の上を渡る川風は、夜ともなると肌寒いくらいであった。

「ビール呑んで暑かったから」

「早く何か着てらっしゃい」

彼の家はそこからすぐ近くであった。

「あんたが一緒に来てくれるなら帰ってもいいよ」

連れだって歩きだすと、弟扱いはいやなんだと、気嫌をわるくしながら、ちょっとふてくされていた。

家に来ると、以前に芝居の稽古に借りた部屋ではなくて、彼も離れを独占している。慈は今まで知らずにいたが、細い裏通りがあって、そこからも入れる造りになっている。

「人目を忍ぶときは丁度いいお部屋ね」

冷やかし半分の軽口には返事もせず、

「これに掛けて」

と、机の前の椅子に掛けさせてから、奥の間に着替えに入った。待つ間、目の前の本棚を見上げた。音楽のほかに英語を教えていて、横文字の教材や文学書でぎっしり詰まっていた。部屋の中を見回すと、音楽関係のものやベッドなどでいっぱいになっている。

ゆかたを着て出てきた谷川は、さっきの不機嫌な様子は消えて、はにかんだような可愛い微笑を浮かべている。五年前の、まだ少年の面影を残していた頃のいとおしさがふっと甦ってきた。

「青春日記、覚えてらっしゃる?」

あの演芸会の日、独唱した彼はその歌を忘れられるものではない。たぶん初恋であったと思われるこっちに、聞いてもらいたくて熱唱したのを、聞きそびれたとんまな自分こそ忘れかけていないか？　谷川の熱唱を、じかに聞いていたなら、彼への理解はもっと深いものになっていたかも知れないという思いが、ふと、胸中をよぎった。この「青春日記」が、慈にとってそれどころではない、まさか生涯忘れられない人の歌になり、たまに弾くピアノも譜面を見ずに弾ける曲になろうとは、このときどうして予測できたであろう。

「いまもときどき弾いている」

彼の返事は、そっ気ない一言である。わざとそっけないその一言に何かを告げているのを、慈の心は牧にあるために軽く聞き流していた。

淡いグリーンのカーテンがゆらいで、快よい夜風が入ってくる。ベッドに腰かけている谷川の膝と、椅子にかけている慈の膝とが触れそうなほど近く向き合っていた。

「それじゃ、私はこれで」

椅子から立って帰ろうとした慈の腕を、彼は素早くつかんだ。

「帰さない」

冗談のように笑っているが、つかまれた腕を抜こうとしても抜けない。相手の力は、どうやら本気であった。

「また来ますから今日は帰して」

「帰ったらいやだ、朝まで居て」

「だめよ」

慈の堅い意志を感じたか、交換条件を出した。

「じゃキスして」

今まで、手を触れ合ったことさえない。慈は椅子から立って、自由になる左の手で相手の肩をやさしく抱いて、額に唇をそっと押し当てた。腕をつかんでいる相手の力が、ほんの少しゆるんだ。その瞬間に手をほどいて、そこから飛び出した。何かに追われてでもいるように、しばらく走り続けていた。彼が追ってまでは来ないと分かっていながら、いったい何から逃げようとしているのかと、走りながら自問した。

谷川が牧に連絡してくれるというのを断ったものの、逢わずには京都に発てない思いになってきて、結局、谷川に連絡を頼むことにした。向こうの返事を聴きに谷川の家に出かけていくと、牧が今あんたを待っているという。

「すぐ行かないと、九時まで待ってあんたが行かなければ、彼帰ることになっているから」

時間は九時になろうとしている。

「場所は？」

「最初に逢ったところ。僕はどこか知らないけど」

「そう、ありがとう」

歓びが胸に湧き上がるのを覚えながら、駈け出そうとした。ふと、手に持っている紙包みが邪魔になると気がついた。家を出がけに、兄に頼まれて買った、たばこの包みであった。

「これ置かしといて。帰りに取りに寄りますから」

言いながら縁側に置こうとして、何気なく谷川を見た。はっとなって立ちすくんだ。彼のまなざしが必死に何かを訴えている、今迄、かつて見せたことのない本心を告げているのであった。そうだったのか、クールに振る舞ったり、悪ぶっていたのは本心を隠すためであったのか。

複雑な思いを抱えたまま走り出していた。運動場まで、さほど遠くはないものの九時までには着けない。何分か遅れるはずであった。待っていてくれることを祈るしかない。逢えたなら何を言おうか、なにも言わなくていい。言葉はいらない、黙って相手の胸に飛び込んでいこう。

運動場に着くと、まず、その暗さにたじろいだ。空間に墨を流し込んだような漆黒の闇であった。道路から下りていくと、闇の中に辛うじて分かる黒い影が立っている。待っていてくれたのである、来る道で思っていたように、さあ、相手の胸に飛び込んでいけ、と自分に言った。ところがどうしたことであろう、相手の一メートル程手前で足がぴたっと立ち止まった。

「牧さん」

呼んだその声が、自分のものであろうかと疑ったほど奇妙に聞こえた。走り通してきた鼓動の高鳴りがおさまらないのを、静めようとするせいもあるのか、低くていやに冷静な声であった。相手の胸に抱かれることもしなければ、手をとり合うことすらしない。こんなはずではなかったと、内心で焦った。なにかを取り戻そうとして、去年の夏と同じように草むらに並んでかけた。あのときと同じかたちになっている。だが、何かが違う。あのときは心が通じ合っていて、話す必要がなかった。今は、不信が互いを遮っている。それを取り除くには会話が必要であった。ところが、話す言葉さえみつからない。手紙にあった「絶交」という文字をみたときから「恋」はすでに終っていたのである。虚しい風が、慈の心を吹き抜けていった。

「何か話してください」

牧が言った。が、今となって何を語ることがあるのだろう。逢う必要もなかった。いや、逢ってはいけなかったのだ。未練を断ち切れずにいた己を責め、後悔した。

別れて帰る道に、月が昇り始めた。皮肉にも満月であった。まるで足枷でもひきずっているかのような、重い足どりになっていた。四つ辻まで来たところで、立ち止まった。谷川の家と、帰る方角との分かれ道である。何年か前、青年団の集まりを終えて、谷川と初めて言葉を交した場所でもあった。しばらく空を仰いだり、寝静まった周りの家いえを見回した。なんの物音もない、心を洗う静寂。深手を負った傷口をそっと癒してくれるような、月の柔らかい神秘の光。再び歩み出した重い足どりは、谷川の家へ向かった。来てみると、灯りは消えていたが、縁側の戸は開いたままになっていた。昼のように明るい月の光が室内に差し込んでいて、中の様子が見えた。谷川はベッドに仰向いた姿勢で行儀よく眠っており、本が二冊ベッドの下に落ちている。子供が待ちくたびれて眠ってしまった、いじらしい光景に映った。音をたてないようにそっと中に入って、ベッドの脇に立ち寝顔を覗こうとして身をかがめたとき、相手の両腕が慈の体を抱き寄せた。

「眠ってたんじゃなかったの？」

彼は目を閉じたままで、枕の上の頭を横に振った。

「眠ってなんかいない、ずっと待っていた。遅かったけどなにしてたの？」

返事のかわりに、相手の唇を口づけで塞いだ。

谷川が轢死したという悲報を姪が知らせてきたのは、それから三年ほど経った頃である。当時、慈は京都で知り合った男性と結婚していたが、悲報のショックは大きく、失って分かるものがずっしりと胸にこたえてきた。

その後、更に何十年か過ぎて、谷川と牧が自分の人生に得難い青春であったと思うようになった頃、牧と見た感動的な月の出の夜景を、描き留めておきたいという気になった。帰郷した折にスケッチブックを持って、牧と座ったあの突堤へ出かけて行った。ところが、歩いても歩いても突堤に行き着かない。次に来た折りにと延ばす。また出かけて行くと、やはり見当たらない。何度か繰り返したあげく、どうしてもみつからないとなったとき、これは永い年月の間に道路が変えられたかも知れないと考えた。この辺であったかと思える地点から描くことにした。スケッチを終えて京都に帰ると、予定の六十号にとりかかる前に、昼間の情景を習作のつもりでF四号のキャンバスに描いてみた。おもいがけず気に入った出来上がりになって、リビングの壁に掛けることにした。

次に帰郷した折、初冬の季節であったが、散歩がてら土手を歩いていると、突堤に行き着いた。あれほど探しても見つからなかった、想い出の突堤であった。前回スケッチした場所とは、あまりにも方向違いのところである。奇妙な感覚に襲われながら、呆然と立ちつくした。月の出を見た夜以外は、いつも暗闇で牧と逢い、暗闇の道を歩いていたとはいえ、生まれ育った土地でこれほどの間違いをするとは、自分でも不思議で納得がいかなかった。それに、冬を間近にした季節の違いによるものの、あの満月の晩とあまりにも異なる情景に驚いた。月見草の花園であった足もとの周りは枯れかかった雑草が茂るだけで、見渡す景色も信じられない殺風景な眺めであった。六十号に描き残す予定の夜景を、その意欲がしだいに失せていくのを覚えた。

生家から戻ってくると、リビングに掛かっている絵を改めてつぶさに観察した。なぜこんな場所を描いたのだろう。何度もこの画のあたりを歩いたのは何だったのか、と思いめぐらすうちに愕然となった。画面の中央にある赤い屋根の建物が、中学校であることに気がついたのだ。スケッチしていたとき、この建物は何だろうと思いながら描いた。広い川を挟んだ対岸の土手の向こう側にかくれて、赤い屋根の部分だけが見えていた。あんなところに牧場でもあるのだろうか、と思っただけで深くは考えなかった。画面には入れなかったがスケッチのとき、向こうの土手の斜面を、中学生ぐらいの男の子が四、五人川ぶちに下りて遊んでいたのを思い出す。夏休みの学校で谷川と再会したあの当時、中学の新しい校舎が建つという話は聞いていたが、場所までは知らずにいた。その後、出来上がったというようわさを耳にしたのは、谷川が亡くなる前であった。ということは、彼は、どれほどかの期間、新校舎に通ったはずである。

意図せずして描き、出来上がってみると、赤い屋根が画面の中央におさまって、作品全体のポイントになっている。不慮の事故であった彼の無念の思いが、これを描かせたのであろうか。そういえば、牧とデートの度に土手を歩いたと同じ足どりで、突堤を探して中学の対岸の土手を、何度も往ったり来たりしたのは、横に谷川の霊が寄り添っていて、生前に果たせなかった二人での散策をしたかったのか、それと同時に、描き残してほしい場所へ導いていたのかも知れない。

リビングに掛けた絵が、谷川を偲ぶだいじなものになってから、校舎を、傍まで行って眺めたいと思っていると、帰郷した或る日、出かける機会ができた。近くまで行くと、土手道をスポーツウエアを着た生徒たちが、列をつくってランニングしているのと出くわした。

「こんにちは」

「こんにちは」

知らない顔の慈に、生徒たちは人なつっこいほほ笑みの表情で挨拶してくれる。

階段を下りて、校舎の壁に近づいて行った。黒ずんだ板壁を目にしたとき、一瞬、驚きが走った。無意識のうちに、真新しい建物をえがいていたのであろうか。月の光りが射し込む部屋で、初めて情を交わし、愛をたしかめ合った、それが谷川との最後になった若い像《すがた》が、そのまま慈の中に生き続けていて、二人の間には時の経過がなかった。現実には、彼が逝ってから四十年近く経っている。古びた壁が、その年月の永さを刻みつけていた。いとおしいもののように、そっと手を触れてやさしく撫でさすっていた。

# ステーション

一片の雲もない蒼い空であった。朝の明るい陽の光が、まぶしいほどにきらめく駅前の広場を、寿美子は待合室からガラス越しに、見るともなく眺めていた。一九四五年の年頭であった。背の高い男が、急ぎ足の大股で駅に向かってくる姿が視野に入ってきた。紺のスーツを着ていて左の腕にコートを持ち、右手はハンカチで額を拭いている。眩しいほどの快晴とはいっても、一月の松の内という季節柄、そのハンカチの白さが珍しいものに映った。急いで来て汗が出たのであろうが暑がり性なんだな、と思いながら寿美子は漠然と見ていた。男が駅に近くなってくると、あれ？　と思った。よく知っている顔である。彼は待合室に入ってくると、目ざとく寿美子に気がついた。親しみのある笑顔を浮かべながら、たて混んでいる人群をかき分けるようにして、寿美子の傍に近寄ってきた。

「この頃、銀行にいらっしゃらないので、どうなさったかと思っていました」

相手がなかば尋ねるように話しかけてきた。

「去年の暮に辞めましたの」

「そうでしたか、今日はどちらへ？」

「ちょっと福知山に、あなたは？」

「京都まで、商用で。同じ汽車ですね」

二等車に乗り込む彼と別れて、三等車の空席を探している寿美子を、彼は強引に二等車に誘って、自分と向かい合った席をどのように確保したのか、無理やりに掛けさせてしまった。親切心もあろうが、強引で積極的であった。寿美子はなんとなく気づまりであったが、相手はこの時とばかりに話しかけてくる。銀行にいた間は仕事上の会話は交わしても、それ以外のつき合いはいっさいしなかった。窓口の向こうの顧客席から、彼の熱い視線がそそがれていることを分かっていながら、気付かないふりをしていた。彼の父親が、電気製品などを手広く経営している松崎商事は、銀行でも上得意のランクに入っていて、大金の出し入れになる銀行の使いは、必ず息子の彼が姿を見せていた。浅黒い丸顔はどことなく女性の目をひく魅惑的なところがあって、女子行員の間で話題になっていた。

「お住まいはどちらに？」

松崎は気を配りながらも、プライベートなことに容赦なく入り込んでくる。豊岡から福知山までの二時間は、若い男女を近づけるのには充分の長さであった。

「福知山へはお知り合いでも——」

「いいえ、散歩がてら出かけるだけです」

四年前に亡くなった母が一時期家を出て、独りで福知山に住んでいたことがあったのと、長兄がそこの商業学校を出たことなど、地縁のある町であったが、そこまで話す必要はないし、それを語れば長くなる。寿美子は話すのが不得手で無口なほうであった。それでも二時間という長さと相手の積極性が、思いがけない方向に寿美子をいざない、福知山で別れるときには、近いうちに松崎が寿美子のところに来るという約束になった。

表の縁側の雨戸を開けると、二日間降り続いた雪がようやく止んで、福知山に出かけた日と同じような快晴になっていた。裏の雨戸も開けて、普通なら起き出す時間であったが、風邪をひいてまだ治りきっていないだるさがあるので、また布団のなかに入った。こんなときは、父や兄の家族がいる生家から離れていると不便だなと思った。勤め始めた年の冬に大雪が降って、通勤の足であった出石から出ている軽便鉄道が動かなくなった。勤め先の近くに下宿することにして、小使いのおじさんに探してもらったのが、この農家の離れ部屋である。部屋が二間あって、炊事場もあり小さな庭も造ってある。二年ほど住み慣れて、退職してもまだ居続けているのは、独り暮らしの我がままが身についたのであろうか。

銀行には父が知っていた常務の紹介で入ったことから、給料も優遇されて、退職金も封筒をあけるとこんなに？　と思うほど入っていた。勤めていた間の預金と退職金を合わせると、一年は優に遊んで暮らせる額になってその気楽さも、のんびりと下宿にとどまらせていた。

「ごめんください」

うとうとしているところに、男性の低い魅力的な声がした。松崎であるのはすぐに分かった。日にちを決めていなかったために、不意をつかれたかたちであった。寿美子は返事をしてから急いで飛び起きた。

「ちょっとお待ち下さいね」

ガウンのまま仮眠していたのを、上から羽織りを重ねて乱れた髪を大急ぎで束ねた。風邪をひいて寝んでいたことを言いながら招じ入れて、やぐら炬燵に向かい合って座った。お茶のつまみは、正月祝いを家へ帰った折に持ってきた餅を、砂糖醤油で焼いて食べながら雑談で過ごした。屋根に積もった雪が晴天の暖かさに溶けて、せせらぎのような音をたてながら軒下に流れ落ちていた。

趣味の洋服縫いに没頭しているとき、門先から家主のおばあさんが呼んでいる声が聞こえた。

「伊藤さん、伊藤さん」

「はあい」

寿美子は返事をしながら縁側に出た。

「今、線香を焚いとんさりますのか？」

「いいえ、なにも焚いていませんけど」

「変ですなあ、線香の臭いがして、あんたさんが焚いとんさるのかと思ってな」

縁起でもない妙なことを言い出すおばあさんに、あまりいい気分はしなかった。そのあと突然、父がやって来た。

「康さんが亡うなった。加津子から連絡があって急いで来た、お前もすぐに来るようにな」

父は気が急くようすで上がりもせず、すぐに加津子の家へ向かった。康さんというのは豊岡に住む父の妹婿で、妹は嫁いで数年して他界した。夫婦の間に子供ができなかったために、加津子は遠縁からもらわれてきた養女であった。

寿美子が駈けつけると、加津子は寿美子の顔を見るなり泣いた。九つ年上の従姉は気丈な負けん気の強い性格で、彼女の涙を見るのは初めてであった。何年か前に加津子は婿養子を迎えたが、その夫も間もなく若死にした。今また叔父が逝ったため、夫の忘れ形身である幼い子を抱えて従姉だけになってしまった。彼女はたまに銀行に所用で来ることがあって、その都度近況を話し合ったりしていたが、寿美子が年末に勤めを辞めたことは知らずにいた。それが分かると、しばらくうちにきてほしいと言う。淋しいというのが口実であり、それも事実であるが、もう一つには留守のあいだ子供の守りが頼みたいのであった。夫が亡くなったあと、彼女は役所に勤めていて、今迄は亡くなった父親が孫の守りをしていたのである。親戚の頼みをことわる理由もないまま、寿美子は下宿を引き払って従姉の家に移ってきた。

従姉と暮らすようになってほどなく、松崎がたずねて来た。彼のことは、女同士の寝物語りに伝えてあった。従姉は彼を快く迎えてくれた。戦況が悪くなって物が不足するなか、従姉が歓ぶ醤油などを持ってくる松崎の気配りに、加津子は好感を持ったようである。寿美子の部屋に当てがってくれている二階の客間が、二人の逢う場所になった。松崎は床の間を背にしてあぐらに座り、寿美子は部屋の隅に置いた、自分の持ち物である黒い漆塗りの机の前に座る。何度か逢ううちに、二人の間に会話と笑顔が消えていった。松崎の気持ちが深まるにつれて、寿美子は明かさないわけにはいかなくなって、現在は出征して日本に居ないが、心に決めた人がいることを告げた。それでも松崎は逢わずにはいられない様子で訪れて来る。指定席であるかのように床の前に座り、寿美子は机の前に座る。二人の間は三メートルほども離れていた。何を思うのか彼はうつ向いて黙し、寿美子は辛い時間の手持ちぶさたを、机のメモ用紙に無意識のペンを動かして、意味のない落書きを書き散らしていた。

心に決めている男性は、同じ銀行の行員であった。寿美子が勤め始めた頃、その滝は支店に配属になっていて、駅のホームで見かけたことがある。勤め帰りの人群れの中に、こうもり傘を肩にかついで、その先に弁当包みをくくりつけてひょうひょうと歩いている。若いのにどこか変わっていると思い、寿美子はほほ笑みながら振り向いた。しばらく経つと彼は本店勤めになって、毎日、顔を合わせるようになった。或る日、女子行員の一人が寿美子に耳打ちした。

「滝さんがあなたを好きらしいわよ」

彼女は、滝がいる計算課のベテランで女性のなかでは最年長の、人間的にも信頼できる人柄であった。それだけに彼女の一言は暗示のように寿美子の心に入り込み、日が経つにつれて滝に関心を持つようになった。彼の声を聴いた覚えがないほど寡黙で、目立たない存在に見えながら、噂によると、学生時代大変な秀才であったこと、銀行のバッジも彼が考案したものであり、重役から将来を最も嘱望されていることなどを知った。色が白くて、きりっとした眉と切れ長の目、紅をさしたような赤味を帯びた唇は、つい若殿様のイメージを重ねてしまう。彼への尊敬と思慕が一日一日寿美子のなかでふくらんでいった。

冬の日のことであった、仕事が終わって重役連も帰ったあと、出納の収支決算が終わるのを待っていたひととき、寿美子は椅子から立ち上がって、机を台にしながら書類綴りをしていた。横にストーブが赤あかと燃えていて、その周りを何人かの男たちが輪になってとり囲んでいた。彼等は暖をとりながら雑談に興じている。輪の中に滝もいて、彼は雑談には加わらず、ストーブを背にして両手を後ろに組んだ姿勢で、真っすぐ寿美子の方を向いていた。右側の頬に寿美子は彼の視線を痛いほど感じて顔が火照り、恥ずかしさで手に力が入らない。そのため、書類に錐を通す作業がもたついた。すると、滝がストーブを離れてつかつかと寿美子の傍に歩み寄ってきた。彼は黙って寿美子の手から錐を取って、男の力でいともたやすく穴を開け、さっさと片づけていく。思いがけない彼の行動に、寿美子は歓びでぽーとなりながら並んで立っていた。

「どうしてこんな端の方を綴じるの」

滝が訊いた。仕事を受けついだときのままにしているのであったが言われてみると、不用になった保管するだけの書類であるから、どこでも綴じやすいところに穴を開ければいいわけである。

「あとで調べやすいようにだと思います」

先生に答えを指名された児童のような、緊張した答えかたになっていた。

「こんなものをあとで調べることがあるかなあ」

滝は半ば独り言のように言った。誰かに見られているような視線を感じて、寿美子は顔を上げた。斜め向かいの発送課で、女二人が意味ありげな笑顔になってこっちを見ている。滝もそれに気付くと、錐を置いてすっとまたストーブのところに戻ってしまった。滝に召集令状がきて、出征したのは去年の春である。駅での出発のとき、同僚、身内、町内の人など、見送りが大変な人混みになった。寿美子は柱の影に身を隠すようにしながら、視線はひたすら滝にそそがれていた（滝さん、一言でいい、待てと言って下さい、それが無理ならこっちを見て）寿美子は必死の思いで彼に追いすがっていた。滝は優しいおだやかな微笑を浮かべながら、見送りの人たちに応えている。汽車が着いた、彼が乗り込み窓から顔を出した（滝さん私を見て！）汽車は動き出し、やがて見えなくなった。遂に一言もなく、視線さえ合わないまま征ってしまった。寿美子が勤めを辞める気になったのは、滝の姿が消えた職場の虚しさもあった。

松崎が黙ってうつ向いているとき、寿美子もまた、切ない思いを抱えていた。滝が一言も言葉を残さず征ってしまったことが、一抹の不安になっていた。いつか大金庫の中で調べものをしているとき、偶然、滝が入ってきたことがある。彼も書類をめくりながら調べものをしている。寿美子は先方が声をかけてくれないかとひそかに期待したが、なにも言ってくれない。意志表示があったとすれば、あの冬の日のことだけで、それ以外には手さえ触れ合ったこともない。信じてはいても、想いつめると微かな不安に心がゆらぐ。

その日、松崎はいつになく酒気をおびた赤い顔をしていた。父の晩酌の相手をさせられたのだと言う。床の前に座ったもののいつもと様子が違っていた。「こっちにいらっしゃい」と言うのだ。いつもと違う原因は、寿美子にも分かっていた。この前のデートは、近くの公園で逢った。小さな池に桜の花びらがゆっくりと舞い落ちて、空にはおぼろ月が浮かぶ悩ましい春の宵であった。松崎が辛さに耐えている様子が、ふっといじらしくなって、別れぎわに相手の胸に身を寄せた。すると彼は、寿美子の体を両腕のなかに包み込むようにして強く抱きしめた。ほんの一瞬の抱擁であったが、寿美子は後悔とうしろめたさを感じながら、走るようにして帰ってきた。

傍に来なさいと言われても、机の前から動かなかった。すると、二度三度と誘う。拒みきれなくなって立ち上がり、近くに座った。松崎はその手をとって、あぐらの膝の上に抱き寄せて唇を重ねる。二十二歳になっていながら、寿美子は口づけとはどうするものなのか知らなかった。映画でその場面を観たことがあって、唇を触れ合うだけだと思っている。相手の舌が寿美子の堅く閉じた唇を押し開け、更に上下の歯も押しひらいて口の中に入ってくる。

松崎はそのあと、寿美子の膝を枕にして眠ってしまった。夜が更けていき、階下の従姉も眠ったようすで何のもの音もしなかった。酔い冷めの身にうたた寝は寒くはないかと、側の衣紋掛けにかけてある自分の着物を、寝ている服の上からそっとかけた。更けていく夜のしじまのなかで、松崎の寝息だけが微かに膝に伝わってくる。そのうち寝返りをした彼は、そこが寿美子の部屋であり、華やかな着物が着せかけてあるのに気付いた。何かが押さえ難くなったのか、寿美子をかき抱いた。和服の襟もとから手をしのばせて乳房に触れてくる。今迄感じたことのない不思議な官能が体を駈けめぐるのを覚え、下着がべっとり濡れていくのを意識していた。

「京都にいきましょう」

彼は耳もとで囁いた。それが何を意味するかは痛いほど分かっている。約束して、松崎は帰って行った。初めて知る性のいざないに、成熟した体が克てなくなっていた。

京都に行く前日であった。町内会の総出で近くの山へ配給の薪を取りに行く日になっていて、従姉がリヤカーをひき、寿美子はそれに付き添って出かけた。山に着いて、切り出してある薪をリヤカーに運ぶ作業をしながら、なぜか空が気にかかった。灰色の雲が低く流れていて、暗い空模様であった。同じように寿美子の心も沈みがちになっていた。今日がバージンの最後の日という感傷もある。滝となんの約束もなかったとはいえ、明日、京都に行けば、彼を裏切ることになるという自責にさいなまれていた。つい先日も、奇妙なことがあったばかりである。駅の近くの線路添いにある神社に、滝の無事を祈りに出かけた。社の境内には人影がなかった、手を合わせ目を閉じて一心に無事を祈った。そのとき、頭の先でかさっと何か音がした。目を開けてみると賽銭箱の脇に供え物の台があって、その上に竹でつくった二十センチほどの長さの名札が、山積みにして重ねてある。その内の一本が下に落ちている。ああこれが落ちた音だったのかと拾い上げて、束の上に置こうとしてはっとなった。手にした名札に「滝」と墨で書かれてある。出征した人たちの武運を祈って供えられたものであろう、さまざまな苗字のなかから、滝と書かれた名札が落ちてきたことが、偶然にしては不思議に思えた。この町に同姓の家はほかにもあるだろう、それにしても、風もないのになぜ？　滝の命を守って無事に還すお告げかも知れない、という気がした。

川添いにある京都の宿は、他の部屋がふさがっていると言って、二人客には広すぎる部屋に通された。障子を開けると、手が届きそうな真下に小川が流れている。松崎は日本酒が好みか、夕食の膳を囲んで盃を重ね、寿美子にもすすめた。アルコールは受けつけない体質であったが、すすめられるままに何度か盃を口にした。顔が火照り、目まいがして立ち上がると部屋が大きく傾いて、倒れそうになったのを松崎が駈け寄って支えた。生まれて初めての酔いに、そのあとのことは夢と現実が交錯したような、うつつの状態になっていた。酔いが覚めたのは、深夜になって手洗いに立った時であった。廊下に姿見がある、そこに映った女を見た。寝巻きのゆかたがしどけなく乱れて、いやになまめいて見えた。昨日までの清い自分ではないのだと思うと、失ったものへの惜別の情が湧いてくる。相手が滝であったなら歓びだけがあったのではないのか、惜しいなどとは思わなかったはずである。

夜を共にした以上はその相手と結婚しなければならないと思っている寿美子は、京都から帰ってくると松崎との間で準備を進めようとしていた。それが急にいそぐことになったのは、寿美子の体に変調があったためである。メンスがあるはずの日になっても無いところから、妊娠したと思い込んだ。父に伝える前に、まず身近にいる女同士の従姉に打ち明けた。京都に出かけた日、ちょっと用事で、と言っただけで二人連れであることは伝えていなかった。松崎も一緒であったことを告げて、結婚する手はずであり、妊娠した模様であることも明かした。彼をいつも快く迎えてくれていたのだから当然、結婚には賛成してくれるものと思っていた。ところが、予測もしない大変なことになった。従姉の態度が激変したのだ。好きな人は別にいるのだと、滝のことも話してあったところから、彼女は松崎との間がそこまで親密になるとは思いもかけなかったのか、或いは京都行きが彼と同伴であったことへの寡婦の妬みもあるのだろうか、彼女は相談を受けるという姿勢ではない、寿美子を突き離すようなエゴイストの白眼になって、即刻父に通報した。寿美子のいない場所でどのような伝えかたをしたのか、父は血相を変えて飛んで来た。間のわるいことに、松崎が結婚についての手続きの相談に来て、玄関にいるところに父が入ってきた。男二人は一瞬、顔を見合わせた。父は顔面蒼白となり怒気を含んだまなざしは、寿美子がかつて見たことのない恐ろしい形相であった。松崎もまた思いがけなかったであろう、その異様な雰囲気に、驚いて玄関を出てしまった。父の様子から推し測ると、従姉は松崎のことを悪しざまに伝え、そのために父は良からぬ先入観をもって乗り込んできた。奥の間で、三人は輪になったかたちに座った。父は蒼ざめた怒りの顔をそのままに、厳しく詰め寄ってきた。彼との結婚は許さないという、すると従姉はこれまでと人が変わったように、ぬけぬけと父に荷担した。彼女を心頼みにしていた寿美子にその裏切りはショックであり、心身にこたえた。なぜだろうと思ううちに、しだいに分かってきた。一つ家にいながら誤ちをさせてしまった監督不行き届きの責めを、父から避けるための方策であった。まだ三十の若さで、未亡人になっている者の嫉妬もある。つね日頃は従姉が養女であることは考えなかった寿美子も、血のつながらない冷酷さを思い知らされた。松崎が元韓国人であることも、結婚に反対する理由の一つであった。父は家の近くに住む松崎と同じ立場の人に親切であり、偏見がないと思っていたが、娘の結婚相手となると俄然、態度が異なる。父と従姉は両方から年長者の知恵と圧力による腕力以上の圧迫感で捻じ伏せ、縛り上げ、締めつけてくる。

「今すぐ志願して徴用にいけ！」

戦闘機などを造っている工場に入れというのである。なんとしても松崎との仲を引き裂こうとする。徴用に志願するのは、頑として応じなかった。地獄のような責め苦は何時間続いたであろうか、身も心もずたずたに疲れきった頃、父もまた疲れた様子で気弱になってきた。

「そんなら今日はこれからわしと一緒に家に帰ってこい」

譲歩した最後通告であった。それを呑まなければ収拾がつかないところまで追い詰められていた、家に帰ることに同意するしかなかった。ただし、とせいいっぱいの儚ない抵抗をした。

「今日は無理よ、荷物もあるから荷づくりしなければいけないし、あした帰る」

夜になりかかっていた。

「間違いなくあした帰ってくるんだな」

父は念を押した。結着がついたことでほっとしたのか、日ごろの優しい父親に戻った。

「体のことはもうしばらく様子をみて、はっきりしたら医者に行けばええから」

言い置いて、父は先に帰って行った。夕食のあと、寿美子はすぐに松崎のところへ出かけた。昼間、彼は父と最悪の出会いになって、深く傷ついているであろうことが思いやられた。明日、家に帰ることになった話し合いの結末を、伝えなければならない。松崎の家へ行くと、あなたのところに行くと言ってさきほど出かけましたと言う。どこですれ違ったものか、互いに引き返す道の中ほどで出会った。別れなければならない状況になってみると、話し合うことはなにもなかった。荒れた広野に投げ出されたような、無力感と虚しさだけがあった。それを慰めるかのように、満月が昇り始めた。従姉の家の前まで寿美子を送ってきた松崎を、別れの辛さが、また送り返して肩を並べて歩き出す。五月の末というのに、夜が更けてくると冷え込んできた。「寒い」と寿美子がつぶやくと、松崎は上着を脱いで着せかけてくれた。

わが家に戻ってくると、寿美子は離れに閉じ込もって軟禁状態になった。体の変調はメンスが遅れただけで何事もなかった。帰ってきて二カ月半が過ぎた八月の十四日であった、離れの軒下にも盆提灯が吊り下げられて、今日から三日間は盆祭りになる。父が外の階段から上がってきた。母屋より高い石垣の上に建ててある離れは、夏になると眼下に広がる水田から涼しい風が吹き上がってくる。父は縁側に腰かけて、うちわをつかいながら声をかけてきた。口をきかなかった親子の、二カ月半ぶりの会話になる。

「あした竹野の海水浴に行こうと思うが、おまえも行くか」

と訊いた。幼い頃、学校が夏休みになると、次兄と三兄の二人は日和山海岸にキャンプに出かけ、寿美子は父に連れられて竹野の浜へ海水浴に行くのが毎年の習慣になっていた。その後二人の兄は病死して、寿美子も幼児期を過ぎるとその習慣はたち消えになったが、父との最も楽しい想い出になっている。あれから何年も行っていない竹野浜を言い出したのは、どうやら和解の意味も含まれているらしい。

「行ってもいい」

寿美子は応じる返事をした。

翌日の十五日、二人は家の前から出ている軽便鉄道で江原に着いた。そこから鳥取方面行きの山陰線に乗り替えるのであったが、切符を買うのに大変な人の列ができていて、並ぶうちに昼になってしまった。列の前の方で、なにやらざわめきが起きた。列から走り出して、駅の待合室に駈け込む人たちがいる。

「なんだろう、ちょっと見てくる」

父は待合室を覗きに行った。しばらくして、怪訝な顔つきで戻ってきた。

「なんだったの?」

「戦争に負けたらしい、無条件降伏だと言っている。天皇の放送があったが、よく聞き取れなかった」

金光教の信者である父は、戦争は日本が必ず勝つという本部の見解を信じていたのか、負けたことが腑に落ちない様子であった。やっとのことで汽車に乗り込んだものの、超満員の車内は通路に立ってぎゅうぎゅう詰めの状態であった。周りから押されながら寿美子はとりとめのない雑念を追っていた、こんな遅い時間になって竹野に着いてから泳ぐ間があるだろうか。戦争に負けて無条件降伏というが、これからどんな状況になるのか。

「竹野に行くのは止める」

気が変わって、寿美子は突然言い出した。

「三朝に一人で行きたい」

岩美温泉あたりまでは家族たちと泊まったことがあるが、三朝にはまだ行ったことがなかった。負けたとはいえ、日支事変からの長い戦争が終わった記念すべき日を、なぜか知らない土地に独りで行きたいという気になった。

「そうか、そんならわしも気比の親戚に行くことにする」

父も急遽変更した。三朝に来てみると、めぼしい旅館はどこも傷痍軍人の湯治場になっていて、探したすえに一軒だけ泊まれるひなびた宿をみつけた。夜になって、灯火管制の覆いを外した家いえの灯りを見たとき、戦争が終わったという実感を覚えた。

日一日と秋が深まって、虫が騒々しくすだくようになった。

「刑事がおまえに会いたいと言って来ている」

父が伝えに来た。刑事に用はない、なんだろうと思っていると、男は外を回って離れの庭に来た。眼鏡をかけた若い男である。

「僕は松崎君の親友です、彼から手紙を頼まれて持ってきました。返事を欲しいということでしたから、すぐに書いてやってください。僕はここで待っています」

男から手紙を受取った。


その後どうしておられますか。

お体のことが心配です。いろいろ話したいこともありますし、逢いたい。なんとかこちらに出てこれないでしょうか、出られるようでしたら、あなたの都合のつく日時を知らせて下さい。


寿美子は返事を書く前に、庭先に出ていって色づいた柿を幾つか取ってきて男にすすめた。

「ここは見晴らしがいいですねえ」

彼は縁に腰かけて、軽便鉄道の駅の様子や、真正面にある小さな山のたたずまいなどを見渡している。寿美子は急いで返事を書いた。体は何事もなかったから安心してほしい、父とは一応和解はしたが逢いに行くのは許してくれないと思うし、そちらに行くことはできないという意味のことを書いた。男が帰って行ったあと、父が、刑事はおまえに何の用だったのかと訊いた。とっさに返事に困って、すぐには言葉がでないでいると、父の方から推測を言った。

「日頃から共産党みたいなことを言うから、それで来たんだろう」

「どうもそうらしいねえ」

寿美子はとっさにうそぶいた。従姉の家での、針のむしろに座らされたひどい仕打ちに対する、せめてもの仕返しであった。父もまさか、刑事が恋文の使いに来たとは思いも及ばなかったのである。

宿を出て、駅へ向かう道で霰が降りだした。駅の近くに来ると店先に新聞を売っているみやげ物屋があって、姜《カン》は新聞を買うために店の中に入った。寿美子は先に駅の待合室に駈け込んだ。オーバーコートの肩にふりかかった霰を、手でぱたぱたと払い落として顔を上げたその先に、松崎が立っている。彼は駈け込んで来た女を何気なく見ていて、顔を上げたときほとんど同時に、松崎の方でも気がついたようであった。互いに愕きのまなざしで見つめあった。別れてから約三年になる思いがけない邂逅であった。二人の間に距離があるのを、彼が近づくのにちょっと間を置いたのは、城崎という温泉町の場所柄、寿美子に連れがいるかも知れないと警戒したのであろうか、それとなく近づいてきて脇を通りながら、小声で「ちょっと来てください」と囁いて、横手の出入口から待合室の外側に出た。寿美子は彼の後を追った。松崎は感無量の面持ちで見つめた。

「随分探したんですよ。いまどこに住んでおられるのですか」

「京都に居ります、あなたは?」

寿美子の口ぶりが早口で、急いでいる気配があるのを松崎は感じ取った。

「連れがいるんですか」

「ええ。もう来るはずです、あとで手紙を書きますからこれにあなたのおところを」

寿美子が手帳を出して彼に手渡そうとした、すると硬い表情になり、すぐには書こうとしないのを「早く」と催促した。彼はむっとした不機嫌をあらわに、しぶしぶ書いたのを寿美子が受取って、コートのポケットに入れながら横の出入口から待合室に入っていくのと、正面の入口を姜が入ってくるのが同時であった。姜は敏感に何かを察知して、窓の外に視線を走らせた。松崎は同じところに立ったたまま、彼も中の様子をそれとなく見ている。

「誰?」

姜が訊いた。

「銀行にいた頃の知り合い」

「松崎か」

鋭い勘をごまかすことはできなかった。姜と深い間柄になったとき、松崎のことは過去の人として打ち明けてあった。

「そう」

「ほう、奇遇だね」

思いがけない場所での出会いを、姜もまた愕いたふうである。彼は平静を装って、待合室にかかっている時刻表を見上げているが、内心は穏やかであるはずがない。ちらっと窓のガラス越しに、松崎の方を見ている。

「彼のところに言ってあげなさい、行かないとわるいじゃないか」

「いいのよ」

その時であった、松崎が二人の傍を通って正面出口から霰の降りしきる町の中に出て行った。寿美子は一瞬、目にした松崎の横顔が、何か思いつめたような表情であったのが気にかかった。なにを思って、どこへ行くのか? 姜と顔を見合わせた。すると、止める間もなく、姜が何を思ったか後を追って飛び出して行った。寿美子は男二人の行動を測りかねて、呆然と町を見つめて立ちつくした。駅前の道がカーブになっていて、彼等の姿は忽ち消えていた。松崎は外側を回っても町に出られるのに、わざわざ寿美子の横をすれすれに通って出て行ったのはなぜだろうと思いめぐらした。僕に付いて来なさいという意味にも受け取れる、しかしそんなことはできない、この霰の降るなかをいったいどこへ行ったのだろう。姜は松崎に追いつけるのか、彼をつかまえてどうするつもりなのか、まさか取っ組み合いの状態になるとは思えない。姜は松崎が同じ在日の立場であることを、寿美子の告白の折に聞いて知っている。だが松崎は姜のことを知らない、よもや同じ民族であることは予想だにしていないはずである。それを知ったとき、どんなに愕くだろう。寿美子自身、姜が在日であることを知ったとき、どれほど愕いたことか。

去年の春から、寿美子は父に絵の勉強と称して、京都の遠縁の家に寄宿していた。絵の勉強は父への口実であって、田舎から出たいだけのことで、西陣の組合で事務のアルバイトをしていた。京都に来て一カ月余り経った五月末の休日に、初めて市内見物に出かけた。市電と徒歩で、美術館や平安神宮を回って八坂神社に来た。裏が公園になっていて、新緑の木ぎが萠えるような美しさであった。アベックを一組見ただけで、ほかには人けがないのがよかった。東屋で疲れた足をひと休みしていると、公園の入口から人の声が聞こえてきた。大声が次第に近づいてきて、初めは喧嘩でもしているのかと思った。若い男が三人連れだって、中の一人がアジ演説のような激しい口調で、思想的な話題をとうとうと述べているのであった。彼ともう一人が黒い学生服を着ているところをみると、どうやら三人は大学生であろうか。彼等が通り過ぎたあと、寿美子は園内をひと巡りして帰ることにした。池のほとりに来ると、三人連れとばったり出くわした。

「お独りで散歩ですか」

背が並外れて高いノッポの一人が、声をかけてきた。

「ええ」

「ご一緒にいかがですか」

危険な連中でないことはなんとなく分かるのであったが、やんわりとことわった。

「もう帰るところですから」

すると、リーダー格であるらしいさっきの大声の主が、ノッポに替わって前に進み出て来た。

「僕たちも帰るところなんです、では、こうしたらいかがですか、公園の出口までご一緒して、そこでどこの誰とも知らないままでお別れするということにしては」

おや？　と寿美子は思った「どこの誰とも知らないままで」その一言に、ロマンチックなニュアンスが伝わってきた。彼はどういう青年なのだろうか、がっしりした体格で顔はすでに夕闇が漂い始めていてはっきりとは見えなかったが、真面目そうな感じであった。彼の提案に応じる気になった。ロマンチストと肩を並べて歩く後ろから二人が付いてくる。歩き出してしばらくすると寿美子は内心であっけにとられた。彼は雄弁というよりも若さの情熱が迸るように、カントがどうの、ソクラテスがどうしたのと哲学を論じるかと思えば、ゲーテの詩についても語るといった、いわゆる才気煥発がうかがえる。寿美子はすっかり煙に巻かれ、快い眩惑を覚えた。

「では約束しましたように、ここでお別れしましょう」

出口に着いて、ロマンチストが言った。ゆっくり歩いてきたが、ものの十分も経ったであろうか、あっという間の距離である。

「では、さようなら」

寿美子が別れを言うと、彼は頭の上に枝がたわわになっている楓の枝を手折ってさし出した。するとあとの二人もそれに習って、小枝をさしだす。

「ありがとう」

別れを告げて、寿美子は街の雑沓のなかに入って行った。街はしだいに夕暮れて、灯りがあちこちにともり始めていた。この都会ではもう二度と会えないだろう、と思うと妙に後ろ髪をひかれるような心残りがした。市電の停留所に来て、電車を待っていた。彼等はどこへ帰っていくのだろうかと振り返ってみると、道が三叉路になっている辻に立って何やら話し合っているのが見えた。電車が来て乗ろうとするとき、もう一度振り向くとロマンチストが二人に軽く手を上げて別れると、寿美子と同じ電車に乗る模様で急ぎ足にやってくる。電車は混んでいて、二人は人群れにもまれながら少し離れた位置に立っていた。

「どちらまでいらっしゃるのですか？」

二人の間に立っている人の肩越しに相手が訊いた。聴き取りにくい程の小声に驚いた。大声ばかり訊いてきたためにこの人は小さな声が出せないのかと思っていて、そうではないことに、なぜか安心した。

「壬生です。あなたは？」

「四条大宮まで――」

壬生の一つ手前であった。えにしの糸は切れたと思ったのが、まだつながっている。電車を降りるまでに相手はたぶん名前とか住所を、それとなくたずねるだろうという気がした。電車は河原町を過ぎて、相手が降りる停留所に近づいている。だが、彼はそれっきり口をつぐんで何も訊こうとしない。このままでは糸は完全に切れてしまう。「——四条大宮——」車掌の声が伝わってくる、電車が止まった。寿美子は別れの挨拶をしようとして相手を見た、ところが彼は吊り皮を持ったまま、降りる気配がない。

「ここではないんですか」

「壬生までお送りします」

落ちついて平然としている。そういう手もあったのかと、寿美子はそこまで気付かなかった自分がいまいましかった。二人は壬生で電車を降りると、喫茶店に入った。彼は礼儀正しく、まずポケットから名刺をさし出した。

「僕はこういう者ですから深いおつき合いはできませんが——」

と言った。名刺には名前と住所だけ刷ってある。名前の文字を見て、愕然とした「姜洙中」それは一目で分かる在日の人であった。日本の敗戦で、韓国は植民地政策から解放されて、日本に住んでいた韓国人の多くが祖国に帰っていった。そんななかで、たまたま出会った相手が松崎と同じ在日の青年であるとは。その上、三年前に松崎と別れた五月の同じ日にめぐり会ったことにも、宿命的なものを感じないではいられなかった。住所は神戸になっていて、そこから四条大宮を経て京都の大学に通っている。深いつき合いはできないはずが、その後親しくなってこの正月の元日明けを、初めての小旅行で城崎に来たのであった。

汽車に乗る時間が近くなってきて、待合室に人がたて混んできた。寿美子は二人の無事を祈るような気持ちで、町を凝視し続けていた。不安にかられていると長い時間であるような気がしたが、ようやくカーブになった町角に、二人の姿が現われた。なんとその様子は、まるで友人のような親しい雰囲気で肩を並べてやってくる。それがたとえ上べだけであるとしても、寿美子はほっとした安堵で胸をなでおろした。彼等は改札口の列に並び、寿美子はなるべく二人から離れた位置に立っていた。姜が人波をかき分けながら寿美子のところにやってきた。

「彼が一汽車後にして三人で話し合いたいと言っているがどうする？」

と訊く。

「あなたはどうなの」

姜はそれにはこたえず、また松崎のところに戻って行った。彼等の間でどのような話になったのか、一汽車、乗るのを後にして話し合うことになった。駅前にある休憩所と書かれた店の、二階に上がった。火鉢が一つ置いてあるだけの、何もない部屋であった。男二人は向かい合って座り、寿美子は火鉢の傍に、三角形のかたちに座った。彼等は母国語で話し始めた。身の置きどころがないような辛い立場の寿美子に、会話が分からないことがせめてもの救いになった。それでも居たたまれないような手持ち無沙汰に、火鉢の炭を火ばしで突ついたり灰をかき回したりしていたが、そのうち鞄から食べ残しの餅を取り出して、火鉢の中に置いてある五徳の上で焼いた。こんがり焦げめがついてふくらんでくると、ティッシュペーパーの上に載せて、あぐらに座っている二人の膝の傍らに分けてそっと置いた。不公平にならないように気を配っている自分に、ほんとうはどっちに、より多くたべさせたいのかと自問してみた。どっちも、それなりにいとしい。

「あなたはそんなつもりでこの人とつき合っておられるのですか」

突然、松崎の方から日本語が飛び出してきた。それも、立腹しているような激しい口調であった。寿美子は緊張した。

「あなたがそんなつもりでつき合っておられるのなら、今日、この人をここに残してくれませんか。話したいことがあるのです」

「それは僕よりも当人にたずねてください、本人が残ると言えば致しかたないでしょう」

険悪な空気になってきた。

「ちょっと失礼」

姜が席を立った、手洗いに行くのであろう部屋を出た。

「寿美ちゃん、いったいどうなってるの、彼は結婚しないと言っている、それでいいの?」

在日であるが故に結婚を断念しなければならなかった松崎にすれば、同じ立場である姜が、結婚を前提としないつき合いであるかのように公言しているのが納得いかないのも無理はなかった。

「そんなふうに言ってるだけだと思います」

姜が席に戻ってきた。入れかわりに、松崎が席を立って部屋を出た。寿美子は姜に不満をぶっつけた。

「なぜ僕の女だとはっきり言ってくださらないの」

彼が屈折したものを抱えているのは分かっている。だが、見栄やプライドで本心を取りつくろうよりも、なぜもっと率直な言葉や態度をとらないのか。取っ組み合いをしてでも僕のものだと言ってくれた方がどんなに男らしく、女にすれば嬉しいのに、という気がした。姜は複雑な苦笑いを浮かべているだけで、何を思うのか返事をしない。松崎が戻ってきた、彼は寿美子を残してほしいと強引に迫った。姜は、あくまでも当人の意志に任せると突っぱねる、寿美子はつらい立場に立たされた。

「残るわけにはいきません」

はっきり言うしかなかった。決着はついたかたちで、三人は座を立った。寿美子が化粧室で紅を使っていると、その鏡の中に松崎が入ってきた。

「彼を愛しているの？」

と訊く。

「はい」

「そうか」

憔悴した残像を残して鏡から消えた。

汽車に乗り込んで、三人は席がないまま通路に並んで立った。窓の外を流れる風景は、霰が止んで西に傾いた陽が、雪景色をピンク色に染めていた。寿美子がまん中に立ってい て、その左側にいる松崎がコートの影でそっと手を握った。「豊岡で降ります。何日か居るつもりですが、あなたにどうしても話したいことがある。来てほしい、どっちになっても京都に着いたら電報をください」彼は右側にいる姜に聞こえないように、耳もとで囁いた。城崎の駅で、手帳に書いた彼の住所は姫路である。商用を兼ねて、正月をこっちに来たのであろうか。汽車が豊岡に着くと、松崎は姜に挨拶して降りていった。豊岡で空席ができて、二人は並んだ座席にかけることができた。ほっとした顔を見合わせた。予測もしなかった突然の難題を乗り越えてきたような心身の疲れと、安らぎがあった。向かいの席に人目があるため、どちらも黙りがちになっていて、寿美子は口には出さなかったが、姜の率直さを欠いた態度に不満はあっても、こっち以上に心労したであろうことを思いやっていた。京都が近くなってくると、松崎が汽車の中で囁いたことが気になりだした。あれだけ執拗であるのは、それなりの何かを抱えていると思われる。どうすればいいのだろう、心が決まらないまま姜に相談することにした。

「彼はそんなことを言ったのか、こっちは紳士的に振舞っていたのに卑怯な奴だな」

姜は気を害して、放っておけと言う。

「そんなわけにはいかないわ、どっちになっても返事をほしいって言ってたから」

「じゃ、君の好きなようにしたらいいだろう。そのかわり、行くのならもうしまいだからな」

京都に着いた。寿美子は松崎に電報を打った。「ユケヌ」とだけ書いた。

たしかにこの家であったと、両隣りと回りの家を見回した。滝の家が以前は普通の住居であったのが、新しく開店したらしい婦人用品の店になっているのであった。妙な胸さわぎを覚えながら、店に入ってそれとなく店内の様子を見回した。レジのところにいる女性は、年恰好からみて滝の姉であろうか、身内の人のようであった。滝が戦地から戻ってきて、復職していることを職場の元同僚が知らせてくれたのが、終戦から一年半ほど経った頃であった。そのとき、彼が結婚するらしいといううわさもあることを伝えてくれた。彼を裏切るかたちになった寿美子は、滝に逢う資格はないと断念していて、無事に帰還したことを歓ぶと同時に、倖せになってほしいと希った。それから更にどれ程か過ぎて、再びその同僚から滝の消息を知る機会があった。結婚のうわさはなぜか立ち消えになって、現在も独身でいること、戦地で傷めた体に病気が再発して、今は家で病床に伏しているという。寿美子は案じられるまま、彼の家へ見舞いに行った。玄関に出てきた母親は感染症の病気を気にしたのか、部屋へ上がれとは言わず、寿美子も会いたいと思いながらそれを言い出せないまま、見舞いの果物を玄関先に置いただけで、松崎との過ちのやましさから逃げるかのようにそこを出てしまった。今回は二度めの見舞いである。今日こそは枕許まで上がって力づけたいと心に決めてきた。

店内でちょっとした買物をした。レジで支払いをしてから、身内と思える人にたずねることにした。

「おたずねしたいんですが」

「はい」

「こちらさまは滝さんのお宅でしょうか」

「ええそうです」

「洸志《こうし》さんはお元気になられましたでしょうか」

相手は一瞬、はっとした様子になった。

「亡くなりましたんです。一週間前になりますが——」

妙な胸さわぎはその予感であったのか、来るのが遅かったという後悔が胸をえぐった。絶望のどん底に落ち込んだ状態になって悔みを言うゆとりさえ失ったまま店を出ると、従姉の家へ向かった。松崎とのことで、父と二人して責めさいなまれたあのとき以来、往き来も跡絶えていた従姉であったが、滝を失った気持ちを話せる相手は従姉しかいなかった。

何年ぶりかに訪れた寿美子を、従姉もまた、会いたかったのだと歓んで迎えた。

「滝さんが亡くなったの」

寿美子は開口一番に告げた。

「知っとる、気の毒になあ。とにかく上がって。実はあんたに話したいことがあり過ぎてな、私の胸一つに納めきれんようになって会える日を待っとった」

従姉の話によると、滝の婚約の相手は遠縁の女性で、親同士が進めていた。ところが女性は式の日取りも間近になったとき、以前から憧れていた男性のもとに走った、その男性というのは松崎である。女性は従姉の職場の後輩であるところから、そのいきさつの一部始終を知ることになった。四角関係ともいえる不思議なめぐり合わせを身近かに見た従姉は、因縁の恐ろしさにおびえていた。

「こんなことが現実にあるなんて怖いことだなあ。早ようあんたに話したかった」

松崎と城崎で思いがけない邂逅があったのは、丁度その時期である。奇妙な因縁の渦に巻き込まれ、あがきながら、松崎もまた苦悩していたのであろう。話したいことがあると執拗に迫ったのが何であったのか、今にして寿美子にようやく分かってきた。その晩は、いつかのように遅くまで従姉と枕を並べて語り合った。翌朝になると、滝の墓へ行くことにして供える花束を買い、再び滝の家に寄って墓地の在りかを訊いた。町外れの遠い山の中腹にあるという。五月の明るい陽の光がきらめく田舎道を歩いていると、何の涙であろう、あとからあとから、止めどなく溢れてくる。墓地に着くと探すまでもない、掘り返されて間のない土の色と真新しい塔婆がすぐにそれと分かった。深紅のダリアの花を筒に挿してから、盛り上がった土の前に腰を下ろして座り込んだ。やっと逢えたという思いであった。こんなかたちでしか逢えなかったのかと、己を責め続けた。短い人生であった彼の青春とはどのようなものであったのか、ストーブの傍で仕事を手伝ってくれた、あれが彼にとっては唯一の青春ではなかったのか？　そう思ったとき寿美子は、土を掘り返して亡骸を抱きしめたい衝動にかられた。人影もなく何の物音もない山のなかに、長い時間座っていた。突然、空を切り裂くような鳥の鋭い啼きごえがした。

姫路の駅に降りて町を目の前にしたとき、寿美子は急に歩けなくなったように立ちつくした。沈みかかる早春の太陽が絵の具を思いきり流し込んだように、建物も道行く人も全てのものを鮮やかな紫色に染めている。生まれて三十余年になる今迄、これほど素晴らしい夕焼けの色を見たことがあるだろうか、初めて目にする神秘の美しさであった。やがてその色彩の中に身を浸すようにして、歩き出した。手にしている紙切れは、城崎で松崎が書いた住所を手帳から切り取ってきたものであった。あれから七年が経ち、その間に学校を終えた姜と結婚して、大阪に住むようになっていた。子供も生まれてまだ幼児であるが、ちょっとした夫婦のいさかいから一日だけ「家庭」から逃避したくなった。ツーピースを新調して、三月初めの寒さを上にスプリングコートを着て来た。書かれた住所を探し当てるのに、さほど手間はかからなかった。ところが来てみると、住人が変わっていた。松崎の移転先を知る人を探すのに手間どり、その人が教えてくれた場所になんとか辿り着いたすると、そこもまた移っている。すでに日は暮れて夜になってきた。日帰りのつもりで出て来ていた。彼に逢うのを断念して家に帰ることも考えてみたが、住居を転てんとしている様子から、彼が現在不遇な状況にあることを察した。どうしたのだろう、それが気にかかって更に探してみる気持ちになった。姫路は大都市ではないにしても、人を尋ね歩くとなると、広い街であった。知らない道を人に聞いては、歩き続けた。何時間歩いたか、ようやく現住所に辿り着いた。さて、どのようにして当人と逢うのか、推測では彼のもとに走った女性と暮らしていて、子供もいると思われ、家の傍に行くのもためらわれた。住まいから少し離れた場所に食べ物屋があったので、ひとまずそこに入った。食事をしながら、なんとかうまく逢える方法を考えた。仕事のことで相談があるという男が店に来ていると、主人に伝えてくれるよう、店員の若い男の子に使いを頼んだ。店員は事情を察したのであろう、快く応じてくれた。間もなく松崎が現われた。思いがけない女がいるのを見て、すぐには言葉も出ない様子で立っているのへ、寿美子も黙ってほほ笑んだ。彼が何か言おうとするのを、まなざしで押し止どめた。言葉はいらない、思いが深いとき、それを伝える言葉があるだろうか。その店を出ると、彼は別の店に連れて行った。生バンドが騒々しくて、落ちつける雰囲気ではなかった。別な店にしましょう、と相変わらずの性格でさっと席を立つ。今の二人に丁度いい静かな店に落ち着くと、彼は盃を重ねて寿美子にもすすめる。何軒も店を変わった。今日はいくら呑んでも酔わないという。コーヒーが呑みたいと言う寿美子のために、喫茶店にも入った。松崎が何か話そうとすると、寿美子はそれとなく押し止どめる。話すよりも黙って時を共に過ごしたいという気持ちであった。終電車の時刻になって、駅に向かう寿美子を、彼は引き止めながら送ってくるかたちになった。

「明日にしなさい」

別れが辛いまま、二人は駅前のロータリーにしばらく立っていた。深夜の霧に、街灯がぼかし絵のようにうるんでいる。駅前の旅館に、松崎が宿をとってしまった。寿美子が部屋に落ち着くのを、廊下に立って見届けてから彼は帰って行った。床についたものの、体は疲れているのに寝つけなかった。部屋の前で別れるとき、彼は手さえ触れず、何か耐えようとしていたせつない様子が心に焼きついて消えない。神経が冴えて、さまざまな想いが走馬灯のように脳裏をめぐる。そのうちどれくらい眠ったのか、ぽーと汽笛の音が真近に聞こえて目を覚ました。時計を見ると、まだ夜も明けない二時であった。貨物列車が通ったのであろうか。姜と子供はどうしてるのか、それを思うとまた眠れなくなった。早く帰らなければ、始発は何時に発つのか、気が急くまま宿のゆかたを服に着替えて、帽子まで被ってから布団の上に座った。真夜中のこんな時間に発つ汽車があるはずはない、また寝まきに着替えて布団に入った。

夜が明けて、早い時間の食事をしながら、昨夜松崎が宿の部屋をとるとき、朝食の気配りまでしてくれていた優しさを思っていると、彼から電話がかかってきた。今日、ゆっくりできるなら姫路城を案内すると言う。ありがたいがゆっくりはできないからと、別れを告げた。昨夜、彼も遅く帰って寝不足であろうに、早朝に電話をくれた気持ちが嬉しかった。

汽車が海岸を通るとき、朝日が水平線を昇る時刻と重なって、海が黄金色に染まる耀きに目を見張った。


松崎が電話をかけてきたのは、姫路での再会から十四年経った、年の暮れであった。彼は仕事の関係で大阪に移転したと言い、寿美子も、在日系の新聞社に勤める姜の転勤で東京に移り住んでいた。大阪と東京を結ぶ長い電話になって、何万円になるのかと、料金が気にかかり思いやるほどであった。年が明けた松の内に、逢う約束になった。その日、大阪に着くと車で迎えに来てくれて、植木に囲まれた静かなたたずまいの料亭に案内された。

部屋に通されると、おかみが丁寧な挨拶に来たのは、松崎が馴染みの客のようであった。彼の仕事がうまくいっているらしい様子に、安堵した。互いに四十代になって、人生の半ばにきての再会は、やはり積もる話になった。姫路に寿美子がたずねて行ったことが、どんなにか嬉しかったと彼は言う。

「しかしなあ、ああいう別れかたをした自分が情けないと思った」

それはどういう意味であろう。

「あれでよかったのではないでしょうか、宿の廊下でお別れした時のあなたのお姿が、忘れられない想い出になっています」

そのうち、話は滝のことに及んだ。

「あの人は今もって理解できない、若くして悟りを得たようなところがありましたね。彼女が僕のとこに逃げるようにして来たとき、説得して実家へ帰そうとした、その折滝さんに、女が家に戻れば赦して受け入れてくれますかと訊いてみた、赦すと言うんです。愕きましたよ、普通の男なら赦せるものではない。結局彼女は帰らないと言い張って、現在の状態になったが、彼女の言い分は、愛のない結婚はできないと言う。滝さんに愛する女性がいることを知っていましたからね、あなたのことを」

滝は、愛してもいない女性となぜ結婚しようとしたのだろう。今となっては、その胸中を知るすべがない、彼は深い謎を残して逝ってしまった。

「暑い」

つぶやきながら、松崎は背広の上着を脱いだ。部屋の隅にストーブが赤あかと燃えている、彼が暑がりであったことを思い起こした。豊岡の駅に向かって大股の急ぎ足で歩きながら、ハンカチで額を拭いているのを見て、冬なのに暑がりなんだなと思ったものである。そういえば、あのときも今日と同じ正月の松の内であった。

食事が終わってそこを出ると、すっかり暗くなっていた。

「どこに行くか、僕に任せますね」

松崎は寿美子の手をとって歩いた。どこをどう歩いているのか、東京に移って十二年になると大阪は、変わるのと忘れるのとで見知らぬ街になっていた。不意に車のヘッドライトが目の前に走ってきた。

「危い！」

松崎が結び合った手を強く引いて道の端によけた。

「こんなところで心中はちょっとまずい」

彼が言い、寿美子は小さく笑った。

建物の中に一歩入ると、演奏しているステージのバンドが、ぐわーんと耳をつんざくような轟音であった。ステージの前は広いホールになっていて、それを囲むかたちの客席は、まだ宵の口でたて混むほどではない。友人が経営しているので、時どき来るのだと松崎が言う。寿美子は初めて目にする世界であった、キャバレーというのかナイトクラブなのか、その区別すら分からない。大きな円形のクリスタルのシャンデリアが、広い店内に七色の光りをぐるぐる回しながら散りばめている。寿美子はソファに沈み込むように深くかけて、雰囲気に馴染めない異和感を覚えながらも、珍しくて見物をきめこんだ。厚化粧に、キラキラ光る華やかなチマ・チョゴリを着たホステスが何人か現われて、二人の周りをとり囲むようにして椅子にかけた。彼女たちは馴染み客である、もの馴れた松崎と会話を弾ませる。寿美子は、向かい合った席にいる松崎を改めて眺める。年相応の貫禄が備わったもののすらっとした体型も、情熱的で女好きのする容貌も、あまり変わっていない以前のままであった。ホステスたちは、彼の両側から話しかけ媚をふりまく。それを松崎はてきとうにあしらいながら、それとなく寿美子に熱いまなざしを送ってくる。客がしだいにたて混んできた。ボーイが呑みものや食べ物を運ぶのに、忙しく動き回るようになった。トレイを片腕に載せてテーブルの間を行き来する身のこなしは、魚が泳いでいるような軽快さであった。寿美子の前にも次つぎと食べ物の皿が運ばれてくるが、テーブルのあたりは薄暗くしてあって、何がどう盛ってあるのか、はっきり見えないために食が進まない。

ホールでダンスが始まった。女たちが二人にダンスをすすめた。踊る？ 松崎がまなざしでたずねた。全く踊れないのだと辞退した。少女の頃、長兄が基礎を教えてくれたのに、それっきり一度も踊る機会がないまま基礎も忘れている。女たちにせかされて、松崎は椅子を立った。

「いらっしゃい、僕がうまくリードするから大丈夫」

手をさしのべてすすめられ、当惑しながら、彼に手をとられてホールに立った。

「僕について体を動かせばいい」

二度ほど足がもつれたが、自分でも意外なほど速く要領を把握した。ムード音楽が好きなことから、まず音楽に心と体がスムーズに乗ってきた。寿美子の背を抱いている相手の腕に力が加わって、抱き寄せられた。結び合った方の手を彼は強く握りしめて、自分の胸にしっかりと包み込むようにとらえた。いとしくてならないといった思いが伝わってきて、せつない気持ちがつき上げてくる。

そこから更に、バーのような店に移った。時はあっという間に飛び去っていく。新幹線の最終は何時だろうかと、寿美子は気になりだした。

「最終が何時か、時刻表はないでしょうか」

店の者にたずねると、松崎が明日にしなさいと引き止める。どうしても今日帰らなければならないのだと言い張る寿美子を、彼は自分の車で駅まで送ることにした。運転している間もなんとか引き止めようとする。寿美子の気持ちが堅いと分かると「そんなに東京がいいか」と言ってあとは口をつぐんだ。年始めのせいもあるのだろう、車が混んでいて何度か渋滞になった。最終の汽車に間に合うかどうかが気になりだした。

「まに合わないかも知れないな」

大通りの交叉点で信号待ちをしているとき、松崎は駅に向かっていたコースを突然ハンドルを回して、別な方向に走り出した。もう彼に任せるしかないと観念した。

宿に着いた。部屋に入って、寿美子が手にしているバッグをどこに置こうかと、室内を見回していると、置く間も与えず抱き寄せられた。胸の鼓動が止まりそうなほど激しく熱い口づけであった。松崎が浴室に入っている間、寿美子は隣りの部屋に調えてある夜具を、どのようにすればよいものかと考えていた。ダブルの幅広につくってある布団が一組だけ、のべてあって枕がその上に二つ並んでいる。上がけと敷布団が二枚ずつになっていた。これなら二つに分けることができる。丁度よかったと思いながら、彼が風呂から上がってくるまでに「作業」を終えることにした。襖を隔てた続きの間に敷布団を一枚のべて、上がけ布団を剥いでいると、松崎が風呂から上がってきた。

「何してんね、それ」

彼に言われて、寿美子ははっとなった。二十四年前、これとそっくり同じことをしたのだ。それは二人が京都の旅に出かける何日か前のことであった。遠出のデートをして、帰りが遅くなったのと疲れとで城崎に止まることになった。夕食を済ませ、外湯から帰ってくると布団が敷いてある。一組だけで枕が二つ並べてあった。旅館は二人を新婚とでも思ったのであろうが、寿美子は恥ずかしさと困惑で、平静を失いながら、二枚ずつ重ねてあるのをそれぞれ一枚にして、床を二つにした。松崎はその間、縁側に出て外を眺めているふうであったが何を思っていたのか、いい気はしなかったであろうことは想像できた。のちにその旅館は松崎にとって、思い出したくないところであろうに、城崎の駅で姜も交えての思いがけない再会をしたとき、彼は前日そこに一人で泊まっていたことを、ずっと後になって知った。二人の想い出の宿として、折ある毎に泊まっていたのであった。

寿美子は、はっとなって手を止めたまま、人間は同じようなことを繰り返すものなのかと思った。松崎はそれっきり何も言わない、彼も若い日の遠い出来事を忘れるはずはなく、あとを黙っているのはそのためであり、それがよけいに辛い。だが、やりかけた以上は仕終えなければならなかった。

襖を隔てた床に入ったものの、寿美子は眠れずにいた。

「寿美ちゃん起きてるの?」

同じように眠れないでいるらしい松崎が、襖の向こうから声をかけてきた。

「はい」

「こっちにいらっしゃい」

「……」

何度か同じ会話が繰り返されたあと、

「寿美子」

彼が呼んだ、その呼びかけには、深い愛情がこもっているのが伝わってきた。

「こっちに来なさい」

襖を開けて、寿美子は彼の布団にそっと体を入れた。相手はなにかをたしかめるように、しばらく腕の中に抱きしめていた。それからゆかたの胸もとに手を入れて、やさしく乳房に触れてきた。

「子供を産んだことがないような体をしている」

乳房はおわんを伏せたようなほどよいふくらみであるが、乳首が少女のように小さい。乳児に母乳を与えていた頃の乳首は、ふつうに大きくふくらんでいた。母乳の必要がなくなっていつ頃からであったか、ピンク色の小さくて可愛らしい乳首になってきた。

「子供を産んだことがありませんの」

一瞬、体に触れていた手の動きが止まった。子供がいることは以前に話して、相手は知っている。冗談とわかって何を言うか、と彼は肘でちょっと突いた。愛撫の手が下腹部に触れてきたとき、寿美子はその手を押さえた、夫を裏切ることができない。松崎もまた、姜と会っているだけに強引にはなれない模様であった。寿美子の体に腕を重ねた状態で、彼はやがて寝息をたて始めた。寿美子はいつまでも眠れず窓が白みかかる頃になって、ようやく浅い眠りに入った。

翌朝になった。松崎が先にそこを出るという、宿での別れになった。彼はあぐらに座った膝の上に寿美子をかき抱いて、狂おしいまでに濃厚な口づけをした。

日曜日の朝であった、九時過ぎてもまだ眠っていた寿美子は、電話のベルで目を覚ました。ネグリジェの上からガウンを片方の袖だけ通しながら寝室を出て、リビングに置いてある電話の受話器をとった。

「いるの？」

夫が傍にいるのかと訊いている。寝起きのゆるんでいる意識が、俄に緊張した。そこまで親しい電話のかけかたをする相手は一人しかいない、松崎である。大阪で別れてから、七年が過ぎていた。さいわい夫はまだ眠っているが、もう起きる時間であった。寿美子は「はい」とこたえた。

「そうか、じゃ後で。二時間ほどしてから、いい？」

「ええ、どうぞ」

電話はそれだけで切れた。寝起きに突然耳にしたせいか、相手の声がなぜか印象的であった。今まで彼の声について考えたこともなかったのが、こんなに魅惑的な声であったかと、改めて思った。ふくらみのある低音で、男の性的な艶がある。それが分かる年齢になったのだろうか。二時間ほどしてかけ直してきた、折よく姜は出かけていた。

「逢いたい」

ほかのことはいっさい言わないその一言に、五十年を過ぎた男の人生の重みがずっしりと伝わってきた。休息を求めている。何があったのかは分からないが、この胸で慰められるものなら優しく包んで力づけてあげたい。場所と日時を打ち合わせた。その日はあいにく雨になった。大阪へ向かう新幹線の車窓に雨つぶが当たっては流れていくのを眺めながら、寿美子は松崎との越しかたを振り返っていた。七年前、正月始めに再会したあと、その夏の頃にも逢っている。京都に住む親戚の祝事があって出かけて行った折に、大阪まで足をのばして逢うことになった。その日、彼は作業場を案内して廻った。新しく開発された電気関係の部品を造っている工場であった。従業員の視線が気になって、松崎の説明が頭に入らなかった。彼の妻にうわさが伝わらないかと、それが気にかかった。階上の執務室に入って二人きりになると、ほっと気分が落ち着いた。

「寿美ちゃんだけに打ち明けるんやけどなあ、おやじさんからそのうち独立したいと思っている」

事業とか金儲けとかにはおよそ関心がなく疎い寿美子は、あなたが仕事をしておられる姿が見たいのだと、子供のようなことを言ってデスクの前にかけさせ「なんにもすることあれへんがな」と彼を苦笑させたりした。食事のあと、寿美子にもなんとなく分かるラブホテルに連れられて入った。松崎はこの日、食事の折の酒に珍しく酔っていて、部屋に入るなりネクタイを外しながらベッドに倒れこんだ。情熱のおもむくままに有無を言わさない荒あらしさで、寿美子の体の奥深くに触れてきた。官能の責め苦に耐えられない限界になったとき「痛い」と、思わず口をついて出てしまった。彼は言葉どおり受け取って、愛撫の手を引いた。結局その折の逢瀬も、拒んだかたちで結ばれないままの別れになった。

今度こそ、もし彼が求めるならそれに応えなければいけないと自分に言いきかせた。姜を裏切ることになろうとも、三十有余年になる永い年月をこれほどまでに想ってくれる相手に対して、今迄のようにむげにはできないと思った。二泊三日の宿も、予約から支払いまで全て寿美子の方で手配した。

大阪駅からタクシーでホテルに着いたとき、雨は土砂降りになっていた。しばらく部屋のソファでくつろいでから、気持ちが落ち着かないままロビーに降りていった。夜になってくると、ロビーは大変な人混みになってきた。観光で来たと思われるアメリカ人の団体がかたまって立ち話をしていたり、外国人のスチュワーデスが三人連れで、フロントのあたりを賑やかな笑い声をたてながら行ったり来たりしているかと思うと、香港あたりの人であろうか、家族連れがロビーのまん中で記念の写真を撮っている。裾模様の和服を着た婦人が風呂敷包みを持って、急ぎ足に右往左往しているのは、おそらく結婚の披露宴がこの中であったのだろう。外はもうまっ暗になっている、雨は幾らか小降りになってきた。約束の時間になって、玄関ホールを見守る視野に、松崎の姿が入ってきた。中年になっての七年の歳月は、互いに見分けられないのでは、といったかすかな懸念はたちまち消えた。面差しも、すらっとした姿もほとんど変わっていなかった。ゆったりした足取りでロビーに入ってきながら、視線が合うと彼は片手を上げた。

二人は一別以来のことなど話ながら、食堂で夕食を摂った。そのあと部屋のソファでくつろぐうち、秋の夜長も瞬く間に時が過ぎていった。やすむ時間になって、松崎はバスルームに入った。出てくると、声をかけた。

「寿美ちゃんも入る? 湯をそのままにしておいたから、新しいのと入れ替えてもいいし」

「はい、私もちょっと」

寿美子は返事をして、バスルームに入った。浴槽の湯は汚れてはいなかったが、流して新しいのと汲み替えている自分を、なぜだろうと思った。愛しているなら、そのまま入っても違和感はないはずである。愛していないのだろうか、不安がよぎった。バスルームから出ると、松崎はベッドに入っていた。寿美子も、ツイン・ベッドの片方に入った。松崎がこっちに来なさいと言い、素直に彼の方へ移った。両腕の中にすっぽりと抱かれた。抱きしめたまま、しばらくじっとして動かなかった。相手の指が肌に触れてきたとき、そっと遮った。

「ねえ、なにかお話して」

「今迄話してきた」

寿美子もほんとうは黙って何かを感じているほうがいい、相手の求めるものから逃げるための口実であった。東京から来る車中で、彼の意に添いたいとあれほど心に決めてきたはずであるのに、またもや今までと同じ態度になっている。寿美子自身も不思議であった、自分の意志で拒むというよりも測り知れない何かによって、そうさせられているような気がする。姜を裏切ることへの抵抗もある、けれどそれだけではない。滝の霊が二人の間に介在するのか？　死者はその人を思う者の心に生き続けると考えられるが、生きている者を動かす霊力があるとは思えない。松崎との出会いに恋がなかったせいか、そうだとすれば姫路まで逢いに行ったのは何だったのか、最初の異性としての感傷に過ぎないのだろうか。

松崎が話しかけてきた。

「何を聞いてもいいか」

「ええ、どうぞ」

「僕が最初だったのか？」

それは、寿美子にとって意外な問いであった。当時、従姉の家で口づけさえ知らず、唇を触れ合うだけだと思っていて、歯をくいしばっていた。彼はあれを拒絶だと勘違いしていたのか？　京都での宿で、処女膜が破れる痛みを今もはっきり憶えているのに、あの感覚は相手には伝わらないのだろうか。不信に陥っている相手に真実を伝えるどのようなてだてがあるのか、言葉などで簡単に片づけたくない気持ちであった。だが、ことば以外にてだてはない。

「どうしてそんなことを――　信じていてくださると思っていました。疑問を持たれたことじたい心外です」

「そうか、わかった。添えなかったがそのことだけでも倖せだと思っている」

彼は優しく、そして執拗に求めた。寿美子は自分でもどうにもならないほど、かたくなになっていた。双方のベットの間には五十センチほどの隙間がある、そこへずり落ちた。うっかり落ちたような素振りをして、自分のベットに戻った。

「明日もう一日泊まるわけですから、今日はこのままやすませてください」

そう言って、ようやくのがれた。

翌朝になった。高層の窓から見る大阪の空は昨日の豪雨が嘘のようにさわやかな秋晴れであった。松崎は、昼間のスケジュールを決めていた。午前中は銀行と打ち合わせがある、その用を済ませてから落ち合ってドライブに行こうと言う。落ち合う場所やドライブのコースを説明するのを、寿美子は、はっきりとは訊いていなかった。彼がホテルを出たあとで、自分がどうするかを漠然と考えていた。

「分かったね、じゃ先に出るから」

松崎は念を押して、部屋を出て行った。寿美子はスローモーション画像のような動作で、持ち物を鞄に入れて帰り仕度を始めた。彼にどのように詫びればいいのだろう、そのつらさが動きを緩慢にしていた。ナイト・テーブルに眼鏡を忘れているのを、部屋を出がけに持って出た。カウンターで支払いを済ませたあと、これを本人が取りに来るはずだから渡してくれるようにと、眼鏡を頼んでおいた。ロビーの端に何台か並んでいる公衆電話が、全部ふさがっている。空くのを待って立っている間も、自問し続けていた。彼はどんなに傷つくか、決して赦さないだろう。もう二度と逢えなくなる、それでもいいのか。今夜、先方の愛にこたえる自信がない。こうするよりほかにどんな方法がある?

電話器が空いた。番号の数字を回す、松崎が出た。

「眼鏡を忘れていらっしゃいました」

「ああ、そこに置いといて、それか持ってきてくれてもいいし」

「フロントに預けておきましたから。今日、これから東京に帰ります。ごめんなさい」

「帰る? なにを言いだすんや、ちょっと待って」

「赦してください」

「寿美子！　待ちなさい！」

胸の内で耳を塞ぎながら、受話器を置いた。

大阪駅で切符を買うとき「茅野」と言った。まっすぐ東京に帰る気になれなかった。名古屋で乗りかえた。いつもなら茅野へは東京の新宿から出かけるのを、名古屋からは初めて通るコースである。木曽の山並みは珍しいはずであるのに、今はまるで関心がなかった。線路添いに流れている川の水が昨日の雨で茶色の濁流になっているのを、気のない視線でぼんやり追っていた。松崎とのベッドインを拒むのはなぜだろうと考え続けている、答えが見えてこないまま茅野に着いた。そこから蓼科高原へ行くバスに乗った。時折り、スケッチなど絵を描きに来た折に泊る定宿がある。バスを降りてホテルへの道を歩いていると、前方の山から濃い霧が駈け降りてきてたちまちもやに包まれてしまった。道の両側に植えてある白樺の若木が、かすかに見えるのが道しるべになった。もやにかすむ白樺は、幻想の世界をかもし出している。その中をゆっくり歩いていると、ようやく疑問への答えが少しずつはっきりしてきた。寿美子が望んでいるのは、極限の「恋」を辿った末のベッドインであった。セックスが安易に入り込む余地もない、究極の愛を求めているのかも知れない。その意味で、いつかは妾とも別れることになりそうな気がしていた。

**連理の人**

2000年３月１日　　初版第１刷発行

著　者　　山下八重子《やましたやえこ》

発行者　　瓜谷綱延

発行所　　株式会社文芸社

〒112-0004　東京都文京区後楽2-23-12

電話　03-3814-1177（代表）

03-3814-2455（営業）

振替　00190-8-728265

印刷所　　株式会社エーヴィスシステムズ



ISBN4-8355-0237-X C0093